LAS

MOUNINÉTOS

DÉ

PAUL FÉLIX

ÉMBÉ LA RÉVIRADO ÉN FRANCÉS VIS-A-VIS

Vous lou dise de soun biai,
ansindo que s'escriou, lou pouil
parla de nostos Cèrénos.

PRIX : 1 FR.

ALÈS

Encò dé A. BRUGUEIROLLE et Cie, Grand'Carrièïro, 102

—

1876

Y+

LAS

MOUNINÉTOS

LAS

MOUNINÉTOS

DÉ

PAUL FÉLIX

ÉMBÉ LA RÉVIRADO ÉN FRANCÉS, VIS-A-VIS

Vous lou dise de soun biaï,
ansindo qué s'éscriou, lou poull
parla de nostos Cévénos.

ALÈS

Encò dé A. BRUGUEIROLLE et Cⁱᵉ, Grand'Carrièïro, 102

1876

LES

SINGES

PAR

PAUL FÉLIX

AVEC LA TRADUCTION LITTÉRALE EN REGARD

Je vous le dis selon lui,
ainsi qu'il s'écrit, le beau
langage de nos Cévennes.

ALAIS

Chez A. BRUGUEIROLLE et Cⁱᵉ, Grand'Rue, 102

—

1876

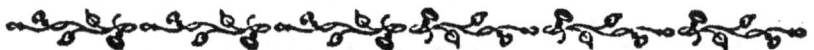

LAS MOUNINÉTOS

I-a quàouques ans qu'un marséiés,
Chocolaïre, d'un tén, et piëï aïsa bourgés,
A soun couréspoundén qu'avià én Amériquo,
    A l'ipoquo dé sa fabriquo,
Mandè dé voudre bé, d'ailaval, i-adréssa,
Pér las méssajariès, paquebò ou navire,
    Én parténço lou pu pressa,
Dous ou trés sinjes; voui, mais aïci déve dire
Qu'à l'éntrémiè *dous, trés,* én chifro, vésèn l'o
Prou bèl sans vèïre l'*u;* l'o fa coumo un zérò,
L'Amériquèn, tan lèou qué carguè sas lunétos,
Pardincho, léjiguè : *dous cen trés* mouninétos,
Ou *sènzes,* pér las géns qué parlou lou françés.

— Dé qué diable, Aoudibèr, aro qué vìou bourgés,
Vòou faïre, él só diguè, d'aquélo marchandiso?
Quàouquo éspéculaciou? Pu lèou uno soutiso!
    Pér n'én tira quàouque proufì,
És-ti asségura d'avédre lou débì?
    És pas prou nèci pér pas vèïre
    Qué, sans sén poudre dispénsa,

LES SINGES

Il y a quelques années qu'un marseillais, —
un temps marchand de chocolat, plus tard aisé
bourgeois, — à son correspondant qu'il avait en
Amérique, — à l'époque où sa fabrique marchait, —
écrivit de vouloir bien lui adresser, de là-bas, —
par les messageries, paquebot ou tout autre
navire, — en partance le plus pressé, — deux
ou trois singes; oui, mais ici je dois dire —
qu'entre les mots *deux, trois,* en chiffre, voyant
l'o — très-apparent, l'*u* très-peu, l'o formé comme
un zéro. — L'Américain, aussitôt qu'il eut mis ses
lunettes, — parbleu, il lut : *deux cent trois* singes,
— *ou moninettes,* pour les gens qui parlent le
patois.

« Que diable, Audibert, maintenant qu'il vit
bourgeois, — veut faire, se dit-il, de cette marchandise là? — Quelque spéculation? Plutôt une
sottise! — Pour en retirer quelque profit, — est-
il bien assuré d'en avoir la vente? — Il n'est pas
assez niais pour ne pas voir — que, sans pouvoir
l'éviter, — il y aura d'argent à dépenser! — Beau-

I-àoura d'argén à déspénsa?

Bèouco maï qué cé qu'on po créïro!

Ou bé, vòou-ti mounta uno mëïnajarié

Rés qué d'aquél béstiàou? Quàou diàoussi i-anarié?

Déntrèmen fòou nouri touto aquélo nisado

Dé sinjes màou aïsls pér lous assadoula.

Lous véndra pas tan bien coumo soun chocola.

Aoudibèr, Aoudibèr, faras quàouquo bàoudrado!

Iéou, coumo i-aï d'àoubligaciou,

Qué m'a réndu sèrvice én maï d'uno àoucasiou,

Désire dé lou satisfaïre

Én tout cé qué pourra li plaïre.

Sus aquò, sé couchavo én sé disén én él :

I-avisarén dèman ; la gnuè porto counsél.

S'èro passa uno mésado,

Ou bélèou dos, aprés la coumando énvouïado,

Quan moussu Aoudibèr, pér létro és avérti

Dé voudre bé lèou sé gandi

Én d'un éndré dàou port qué l'éscri li marquavo,

Ounté, d'un bastimén qué végnè d'ariva,

Èro aténdu pér rétira

Dé sinjes. Coumo aquò èro urgén et préssavo,

Dé voudre bé pas s'atarda.

coup plus que ce qu'on peut croire! — Ou bien
veut-il monter une ménagerie — rien que de ce
bétail? Qui diable irait? — Avec çà, il faut nourrir
toute cette nichée — de singes mal aisés à rassa-
sier. — Il les vendra moins bien que son
chocolat. — Audibert, Audibert, tu feras quelque balourdise! — Moi, comme je lui ai d'obli-
gation, — qu'il m'a rendu service en plus d'une
circonstance, — je désire de le satisfaire — en tout
ce qui pourra lui être agréable. » — Là-dessus, il se
couchait en se disant : — « nous y aviserons
demain; la nuit porte conseil. »

Il s'était passé un mois, — ou peut-être deux,
après la commande (des singes) envoyée, — quand
monsieur Audibert, par lettre est prévenu — de
vouloir bien se rendre — en un endroit du port
que l'écrit lui désignait, — où, d'un bâtiment qui
venait d'arriver, — il était attendu pour retirer —
des singes. Comme cela était urgent et pressait,
— de vouloir bien ne pas se retarder.

Li pénsavo pas pus; és vraï, mé n'én souvéno,
N'aviéï coumanda trés, sou-faï, dévo mó tèno
A moun éngajamén. Un m'èro démanda
Pér moun néboù qué vèn dé sé rémarida;
Aoubacò, mais quâou sa? sa nouvèlo fénnéto,
Sourtido dé pénsiou, jouïno douméïséléto,
            Sé né voudra dé moun présén?
S'aïmara pas puléou tout âoutro passo-tén
Qu'un sinjo qu'i fara rés qué dé viropassos,
            Dé vilagnès et dé grimaços?
            Sé n'és ansiu, lou baïlaraï
A quâouquus maï, ou bé, sé fòou, lou gardaraï.
Pér l'âoutro és diférén, séra pér la vésino,
            Mas dé Béloun dé Flourénlino;
Véouso saïqué démpiéï uno trénténo d'ans.
Coumo d'âoutros qu'an pas jamaï agu d'éfans,
Siègue pér fantaïsiè, ou fiblèsso, ou manïo,
Lus fòou dé parouqués, ou dé chis, ou dé cas;
Et Diou sa coumo soun aribas, caréssas!
Fòou bé qu'aïmou quicon à fàouto dé famïo?
Sé i-oufrisse et sé prén un bravouné zocò,
Souï ségu qué séra én aïse dàou cadò,
Et qué lou pagara d'un : « zé vou rémercïo. »

« Je n'y pensais plus ; c'est vrai, je m'en souviens, — j'en avais demandé trois, se dit-il, je dois me tenir — à mon engagement. Un m'était demandé — par mon neveu qui vient de se remarier ; — en effet, mais qui sait? sa nouvelle femme, — sortie de pension, toute jeune demoiselle, — voudra-t-elle de mon présent? — N'aimera-t-elle pas mieux tout autre passe-temps — qu'un singe qui ne lui fera que des cabrioles, — des vilenies et des grimaces? — S'il en est ainsi, je le remettrai — à tout autre, ou bien, s'il le faut, je le garderai. — Pour l'autre, c'est différent, il sera pour ma voisine, — dame Belon de Florentine, — veuve pour le moins depuis une trentaine d'années. — Comme d'autres qui n'ont jamais eu d'enfants, — soit par fantaisie ou faiblesse ou marotte, — il leur faut des perroquets, des chiens ou des chats ; — et Dieu sait comme ils sont nourris et caressés! — Il faut bien qu'elles aiment quelque chose, faute de famille? — Si je lui offre et si elle accepte un tout gentil joko, — je suis certain qu'elle sera bien aise du cadeau, — et qu'elle le payera d'un : *je vous remercie.* »

Én d'aquélo pénsado, acamina tout dré,
Aoudibèr, sans déstourbe, arivavo à l'éndré
Ounté lou bastimén à l'ancro sé bréssavo.
          Lou capitani l'éspéravo.
Sé i-anounço, et tan lèou soun noum és counouïgu
D'aquéste, qué li dis : ségas lou bé véngu,
Moussu lou Marséiés. Vosto santo danréïo,
Én routo, m'a douna, maï qué n'avès idèïo,
D'énodi, d'émbaras, dé trafi, dé souci ;
          Én tout aquò pàou dé proufi.

Én éntran, Aoudibèr, aviè 'gu la séntido
D'uno boufado d'air, éscàoufado, mousido,
          Qué n'èro pas la dàou goudroun.
Él sus co, n'àouriè pas sachu diro lou noum ;
          Mais aro qué sé n'én saravo
          Et qu'ou vésiè, la dévignavo :
Uno gabiasso én bos, lous baroùs prou saras,
Dédin, tout un troupèl dé sinjes émbaras.
— Vésès, àou Marséiés, diguò lou capitani,
Pode-ti maï garda aquél pouridoù ! — Nani !
Aoudibèr li réspon, — cèrto, avès bó résoù.
Doummaï rèsto et mitouno, aquélo pudécino,

Dans cette pensée, se dirigeant tout droit, —
Audibert, sans contre-temps, arrive au port — où
le bâtiment à l'ancre se balançait. — Le capitaine
était à l'attendre. — Il s'y annonce, et aussitôt son
nom prononcé, — celui-ci lui dit : « Soyez le bienvenu, — monsieur le Marseillais. Votre sale
denrée, — en route, m'a donné, plus que vous ne
pensez, — d'ennui, d'embarras, de tracas, de souci ;
— et en tout cela peu de bénéfice. »

En arrivant, Audibert avait senti — une exha-
laison échauffée, moisie, — qui n'était pas celle du
goudron. — Lui, sur le moment, n'aurait pas su
dire le nom de cette odeur ; — mais maintenant
qu'il s'en approchait — et qu'il voyait, il la devi-
nait : — Dans une grande cage en bois, son grillage assez serré, — tout un troupeau de singes
était retenu. — « Voyez, au marseillais, dit le
capitaine, — puis-je plus longtemps garder cette
puanteur ? » — « Non ! Audibert, lui répond ; —
certes vous avez bien raison. — Plus elle reste et
fermente, cette pourriture, — et moins elle arrive

Et doummèn amistouso arivo à la narino.

Cavalisquo ! d'aquélo doudoù,

Coumo vous, pènse qu'és nécite

Dé n'én désbarassa lou véïssèou àou pu vite.

Avan, mé farias pas, digas-mé, lou plésì,

Sé vous dérénjo pas, dé mó laïssa càousì

Mous dous ou trés? Dé vosto coumplasénço

Vous én counsèrvaraï bièn dé récounouïssénço.

Amaï mèmo, ténès, émb'un soul n'àouriéï prou;

Un sinjouné dé rés; un picho sapazoù,

Qu'àou bésoun, din la pocho on pièsque lou réscondre.

Lou capitani d'i réspondre :

— Péndrés cé qué voudrés, d'abor qué soun pér vous ;

Et lou pu lèou émménas-lous.

— Ièou ! dé qué né fariéï? Aourés bé prou à faïre

Vous mèmo dé vous én désfaïre !

És bé maï ! sé ièou lous aviéï,

Vous én fariéï lou sacrifice,

Amaï sans gés dé bénéfice.

Né souï pas énvéjoùs, mèmo vous pagariéï

Pér vous éngaja dé lous préno.

— Açà, mèstre Aoudibèr, voulès-ti m'éscouta?

Én dous mos, vous faraï coumpréno

Qué tout aquèl bóstiàou vous l'avès achéta

supportable à l'odorat. — Au diable de cette puanteur! — Comme vous, je pense qu'il est nécessaire
— d'en débarrasser le navire au plus tôt. — Avant,
ne me feriez-vous pas, dites-moi, l'amitié, — si cela
ne vous contrarie pas, de me laisser choisir — mes
deux ou trois? De votre complaisance — je vous en
conserverai bien de la reconnaissance. — Et même,
tenez, avec un seul j'en aurais suffisamment. —
Un singe de rien, un petit sapajou, — qu'au besoin,
dans la poche on puisse le cacher. » — Le capitaine
de lui répondre : — « Vous prendrez ce qui vous
plaira, puisqu'ils sont à vous ; — et au plus tôt em-
menez-les. » — « Moi, qu'en ferai-je? Vous aurez bien
assez à faire — vous-même pour vous en débarrasser! — C'est bien plus! s'ils étaient à moi, — je
vous en ferais l'abandon, — et même sans aucun
bénéfice. — Je n'en suis pas désireux, que dis-je, je
vous payerai — pour vous engager de les prendre. »
— « Ho là! maître Audibert, voulez-vous m'écouter?
— En deux mots, je vous ferai comprendre — que
tout ce bétail vous l'avez acheté — à votre ami de

A voste ami d'aval. Aïci n'én la faturo ;
    Récounouïssès soun éscrituro.

La létro i-és rémésso. Aoudibèr l'ouvriguè.
       Aïci cé qué n'én légiguè :
(Et tout én légiguén fasiè laïdo figuro),
  « *Zè vou dirè, mon cèr...* » mais crèse, ou coumpréndrés
Mièl s'ou dise én patouès qu'ou légi én françés.
Dé-fè, l'Amériquèn d'àou Brèsil, i-adréssavo,
Noun pas lous dous cén trés sìnjes qué démandavo,
      Lous aviè pas pér lou moumén,
      Gn'énvouïavo tan soulamén
Qué cén cinquanto-cinq, sinjes dé touto méno,
      Et dé voudre pas èstre én péno
Pér lou rèsto, qu'aprés quàouques jours dé délaï,
Sans fàoulo, réçàoupra lous cranto-huiè dé maï.
Et mèmo li disiè : crèse bièn qué pouraï
I jougne quàouques-uns d'uno méno pu raro,
Coumo dé tan bélas sé n'és pas vis éncaro ;
      Dé raço dé l'Oran-Roustan,
Qué marchou toutes drès, un ploumas à la man.

N'én légiguè pas maï. Estripo dé coulèro
L'éscri én milo flos et lous éscampo à tèro,

là-bas. En voici le marché; — reconnaissez son écriture. »

La lettre lui est remise. Audibert l'ouvrit, — et voici ce qu'il lut — (et en lisant, il faisait triste figure) : — *« Je vous dirai, mon cher...»* mais je crois que vous le comprendrez — mieux si je le dis en patois plutôt que de vous le lire en français. — En effet, l'Américain lui adressait du Brésil, — non pas les deux cent trois singes qu'il lui demandait, — il ne les avait pas pour le moment. — Il lui en envoyait seulement — cent cinquante-cinq, singes de toute espèce, — et de vouloir bien n'être pas en peine — pour le restant, qu'après quelques jours encore, — sans faute, il recevra les quarante-huit de plus. — Et même il ajoutait : « je crois bien que je pourrai — y joindre quelques-uns d'une espèce plus rare, — comme d'aussi gros il ne s'en est encore vus; — de la race de l'orang-outang, — qui marchent (en se tenant) droit, un bâton à la main. »

Il n'en lut pas davantage. Il déchira de colère — la lettre en mille morceaux et les jeta à terre, —

Estabourdì, tout vérgougnoùs.

Lou capitani, malicioùs,

Qué l'éspincho li dis : — eh bé! Dé qu'anan faïre?

Aro qué, mé paréï, coumprénès miél l'afaïre,

Résounarés tout àoutramén? —

— Crésès? l'àoutre réspon ; crésès doun bonamén

Qué iéou vòou mé carga d'aquél tarabastèri?

pu léou tout viou la mar èstre moun céméntèri !

L'un vouiè pas réçàoupre et l'àoutre pas garda,

Èro pas lou mouièn dé poudre s'acourda.

La charpadisso countugnavo,

Doun pu maï àoussì s'énguinnavo.

Un moumén lou patroù, défoun émpaciénta,

Dis à sous matelòs : — à touto la gabiado,

Fasès mé préne la voulado ;

Hardì! Lou cabus din la mar.

— Bravò! Crido Aoudibèr, zoù! pu léou qué pu tard.

Qué s'én sàouve pas un dé touto la nisado.

Aquò mé vaï dàou miél; n'aviéï démanda trés,

Uno fés tout néga, n'én pagaraï pas gés.

Voui, sé lus fasès faïre aquélo cambaloto,

Dé suito pague uno riboto,

étourdi et tout penaud. — Le capitaine malicieux
— qui l'observait, lui dit : « Hé bien! que ferons-
nous? — Maintenant qu'il me paraît, vous comprenez mieux l'affaire, — vous raisonnerez tout autrement? » — « Vous croyez? l'autre répond ; vous croyez
bonnement — que moi je vais me charger de cet
embarras? — Non, plutôt la mer m'ensevelir
vivant.

L'un ne voulait pas recevoir, l'autre ne voulait
pas garder; — ce n'était pas le moyen de pouvoir
s'entendre. — La dispute se continuait, — et d'autant plus, elle s'aigrissait. — Un moment le patron, on ne peut plus impatienté, — dit à ses matelots : « à toute la cage, — faites-moi prendre la
volée; — hardi! Le plongeon dans la mer. » —
« Bravo! s'écria Audibert, zou! plus tôt que plus
tard. Qu'il ne s'en échappe pas un seul de toute la
nichée. — Ça me va du mieux; j'en avais demandé
trois, — une fois tous noyés, je n'en payerai
point. — Oui, si vous leur faites faire la culbute,
— de suite je paye le régal, — et le champagne

Et lou champagno et lou bourdèou
A toutes vàoutres dàou vëissèou. —

Dàou tén qué la coulèro buto
Nostes dous énrajas, afrìs à la dispusto,
Lous sinjes, à l'èstré, din lus gabio émbaras,
Fasièou pinchoù dàou bout dàou nas.
Dé la magnèro qu'éspinchavou
Lous dous téstus sé disputa,
On àourié dit qué sé doutavou,
Péchaïres l dé cé qué poudiè lus capita.

Marséiés et marins, sé sa, soun pas én péno,
Quan la disputo s'éntéméno,
Dé jura, rénéga, maï qué n'ós débésoun.
Lous énvéntou, quan fòou, *lous trons-dé-noun-dé-noun*,
Lous trons-dé-noun-dé-l'air, *lous trons-dé-noun-dé-milo*,
Et vous lous fan giscla, réjiscla à la filo!...
Éles ansin fasièou. N'én pétéjè maï d'un
Qué, coumo aïel dirian, àourièou créma àou lun.

Aou moumén lou pu vièu d'aquél long chamaïaje,
Aïel lou timougnè, home d'un cértèn aje,

et le bordeaux — à vous tous, gens du bâtiment. »

Du temps que la colère excite, — nos deux enra-
gés, ardents à la dispute, — les singes à l'étroit,
dans leur cage enfermés, — montraient le bout du
nez. — De la manière qu'ils regardaient — les
deux hommes se disputer, — on aurait dit qu'ils
se doutaient, — les pauvres! de ce qui pouvait
leur arriver.

Marseillais et marins, on le sait, ne sont pas en
peine, — quand la dispute s'entame, — de jurer,
blasphémer, plus qu'il ne faudrait. — Ils les in-
ventent, au besoin, les *tonnerres de non de non*, —
les *tonnerres de non de l'air*, les *tonnerres de non de
mille*, — et vous les font siffler d'un à l'autre à la
file!... — Eux, ainsi faisaient. Il en éclatat plus
d'un — qui, comme nous dirions ici, auraient
pris feu à la chandelle.

Au moment le plus violent de cette querelle, —
voici le timonier, homme d'un certain âge, — qui

Qué sé n'én saro et qué lus dis :

— Açà véjan, dé qué sèrtis

Dé tan vous éschoufa? Qué diable,

Sès pas dé porto-faïs? On és pu résounable.

Ténès, âousissès ma résoù :

Vous, moussu lou bourgés, coumprénès : lou patroù,

Carga dé vous adure aquélo marchandiso,

Po pas èstre fourça, mardiou, dé la garda?

Vous an éspédïa cé qu'avès démanda.

És un tampis pér vous s'avès fa la soutiso?

Facinlamén né counvéndrés?

Vous sès mâou éspliqua, ou vous an pas coumprés;

Un âoutre co mièl on s'aviso.

Cé qué i-avès dé mièl, aro, pér lou moumén,

És d'ana dispàousa d'un majo apartamén,

Ounté farés pourta quàouque pàou dé bitaïo,

Et pièï, én d'uno gabio, ount'on més la voulaïo,

Ou sé voulès un bèl pagnè,

— Gn'avès ounté sé li métriè,

Sans trop lous ésquicha, dé sinjes pér doujénos. —

Lous farés caréja, n'aguéssias dé céntènos,

Én tout hiuëï, lous âourés fa toutes émpourta.

Aquò séra lèou récata.

Pàou à pàou lous véndrés, sé n'avès mièl à faïre.

s'approche et qui leur dit : — « Hé bien! voyons, à
quoi cela sert — de tant vous irriter? que diable, —
vous n'êtes pas des portefaix? on est plus raison-
nable. — Tenez, écoutez ma raison : — vous, monsieur le bourgeois, comprenez : le patron, — chargé
de vous porter cette marchandise là, — ne peut
pas être forcé, certes, de la garder? — On vous a
expédié ce que vous avez demandé. — C'est tampis
pour vous si vous avez fait la sottise! — Facilement
vous en conviendrez? — Vous vous êtes mal expli-
qué ou bien on vous a mal compris; — une autre
fois il faut être plus avisé. — Ce que vous avez de
mieux à faire, pour le moment, — c'est de dis-
poser un grand local — où vous ferez porter
quelques provisions; — ensuite, au moyen d'une
cage, où l'on met la volaille, — ou si vous préférez
un grand panier — (vous en avez où l'on pour-
rait mettre, — sans trop les serrer, des singes
par douzaines). — Vous les ferez transporter,
en eussiez-vous des centaines, — et en un jour
tout sera fini. — Ce sera bientôt fait. — Peu
à peu vous les vendrez, si vous n'en avez
mieux à faire. — Donc, si cela est mieux à votre

S'aquò mièl vous counvèn, qué siègue prou ou gaïre,
Cé qué n'én tirarés, àoumén, ajudara
A paga, d'àou Brésil, cé qu'on réclamara.

　　Anés pas faïre l'émprudénço
　　D'éntréprénc un màouvès proucès;
　　N'én subirias la counséquénço.
　　Aquò 's ansin, dé qué voulès?
Dé soulisos, sé sa, qué s'én faï à tout aje.
　　Uno àoutro fés sérés pu saje. —

　　Dé mèmo qué dous bèles chis,
Préstes à s'éstripa, sé déclarou la guèro,
S'émbé dé cos dé foué quàouquus lous sapartis,
Sé moussigou pas pus, nou, mais à lus magnèro
Dé s'éspincha, grougna, én régàougnén las déns,
És ségu qué pér pàou qué l'on lous aquissèsso,
　　Qué lou coumba récouméncèsso,
Sé poutounarièou pas coumo dous inoucéns.

Én dé baroùs, disian, la gabio èro clàousido,
　　Sans gés dé trapo dé sourtido.
Lou mèmo qué végnè dé douna lou counsél,
Nó désclavèlo trés pèr rétira vèr él,
D'aval, à bèles uns, lous sinjes à mésuro,

convenance, que ce soit plus ou moins, — ce que
vous en retirerez, au moins aidera — à payer, du
Brésil, ce qu'on vous réclamera. — N'allez pas
commettre l'imprudence — d'intenter un mauvais
procès; — Vous en subiriez la conséquence. — C'est
ainsi, que voulez-vous? — des sottises, on sait
bien qu'il s'en fait à tout âge. — Une autre fois
vous serez plus avisé. »

De même que deux gros chiens, — prêts à se
déchirer, se déclarent la guerre, — si, à coups de
fouet quelqu'un les sépare, — ils ne se mordent
plus, non, mais à la façon — de s'observer, de
grommeler en montrant les dents, — il est certain
que pour peu qu'on les excitât, — le combat
recommencerait, — et qu'ils ne se baiseraient pas
comme deux innocents.

De son grillage, disions-nous, la cage était close,
— sans ouverture de sortie. — Celui qui venait de
donner le conseil, — en décloue trois (barres),
pour retirer vers lui, — de là-bas, un à un, les
singes à mesure; — la chose ne fut pas aussi aisée

La câouso séguò pas tan aïsido et séguro

    Quò cò qu'on aviò créségu.

    Lou béstiâou èro prou tèstu,

    Prou réboussiò et prou pignastro

Pér voudro pas sourtl, d'aquél biaï, dò l'éncastro.

    Adoun dò quò faï lou marin?

Pér n'avédro résoù sò li saquo dédin.

N'adus un pér la pato et zèou lou rabalavo ;

Lou sinjo, màou countén, sò dòbatiò, quialavo.

Ni maï ni mén, pu procho, aganta pér lou col,

    Pér tan qué faguèsso soun fol,

    Quò réguinnèsso, quò quialèsso,

Fouguò d'uno prisoù én d'uno àoutro qu'éntrèsso.

    Lous âoutres sò dounèrou pòou ;

Et véjo aquì, qu'én mén dé tén quò cò qué fòou

    Pér n'én racounta l'avanturo,

    Quatre à quatre, pér l'ouvèrturo,

    Toutes séguèrou lèou sourtls,

Sans qué lous matélòs susprés, èstabourdls,

Pouguèssou s'apâousa à la brusquo sourtido

Dé la mouninariò, maï quò maï éspâourido.

Ilò bé, quâou ou créïriè! Dé marins courajoùs,

et aussi sûre — que ce qu'on avait supposé. — Le
bétail était assez entêté, — assez contrariant et assez
opiniâtre — pour ne vouloir pas de cette façon,
sortir de la cage. — Alors, que fait le marin ? —
Pour en avoir raison il s'introduit dedans. — Il en
amène un par la patte et, forcément, il l'entraîne. —
Le singe pas content, se débattait, criait. — Qu'im-
porte? Plus près, attrapé par le cou, — pour tant
qu'il fît le revêche, — qu'il regimbât et qu'il criât,
— il fallut d'une prison qu'il entrât dans une
autre.

Les autres se donnèrent peur; — et voilà qu'en
moins de temps qu'il ne faut — pour raconter cet
évènement, — quatre à quatre par l'ouverture, —
tous furent bientôt échappés, — sans que les matelots surpris, abasourdis, — pussent s'opposer à la
brusque sortie — de la gent singe, on ne peut plus
effrayée. — Hé bien, qui le croirait! Des marins
pleins de courage, — qui bravent les temps orageux,

2.

Qué bravou lous téns désastroùs :
La gròlo, lous éllous, las troumbos, la tampèsto ;
Qu'én faço dáou danjè clénariéou pas la tèsto ;
Qué réqutoulou pas davan rés,
Siègo coursaris ou anglés,
A l'éscapa d'uno mounino,
Lous áourias vis cléna l'ésquino
Et só jéta pla véntre áou sòou,
Toutes amagas dé la pòou ;
Maï qué s'on lous aviè susprés à l'abourdaje !
Hé bé voui, aquél jour manquèrou dé couraje.
Mèmo m'és ésta dit qué gn'aguè áou mén dous,
D'aquéles ajassas, qué badèrou : sécoùs !

Déntrémén, jusqu'amoun las pu náoutos dunétos,
Las vérgos, las baros, lous mats,
Pér éscalado, lèou séguèrou pavouèsas
De sinjes et dó mouninétos,
Qué só réjouissièou dé poudre aprouûta,
A lus aïse, dó l'air et dé la libèrta.
Aoussi, coumo sé n'én dounavou !
D'aïci, d'aïçaï, dé tout cousta,
Anavou, révégnèou, davalavou, mountavou ;

— la grêle, les éclairs, les trombes, la tempête ; —
qui, devant le danger, ne baissent pas le front ; —
qui ne reculent devant rien, — que ce soit cor-
saires ou anglais, — à l'escapade d'un singe, —
vous les auriez vu courber le dos, — et se jeter
plat ventre à terre, — tous abattus par la peur ; —
plus que si on les avait surpris à l'abordage ! — Hé
bien, oui, ce jour-là, ils manquèrent de courage. —
Même il m'a été dit qu'il y en eût, au moins deux,
de ces couchés (à terre) qui crièrent : au secours !

Cependant, jusqu'en haut les plus hautes dunes,
— les vergues, les barres et les mâts, — par esca-
lades, bientôt furent pavoisés — de tout genre
de singes, — qui se réjouissaient de pouvoir pro-
fiter — à leur aise, de l'air et de la liberté. — Aussi,
comme ils s'en donnaient ! — D'ici, de là, de tout
côté, — ils allaient, revenaient, ils descendaient,
remontaient ; — faisaient l'arbre droit, ou bien ils

Fasièou la candéléto, ou bé sé campéjavou.

Quàouques uns, et paréï sinjes dò bon oustàou,

Qu'avièou éscaléja pu nàou

Qué noun aviè fa tout lou rèsto,

Sé météguèrou din la tèsto,

Én patouès dàou péïs, ñouto vouès, dé canta

La *Marséiéso?* nou, ni maï la *Parisièno.*

Éntounèrou la *Brésilièno,*

Lus inno dé la libèrla !

Lus bèou cièl, lus amours, lus sourél qué flambéjo !

D'oumbro et dé pradariès, ius fourès qué vérdéjo,

Éspandido sans fln !!.. Voudrièï vous la canta

Aquélo inno, qu'un jour la métran én musiquo,

Mais coumo save pas lou patouès d'Amériquo,

Lou das sinjes éncaro mén,

Pér aro nous én passarén.

A Marséio, dingus n'àouriè pa 'gu l'idèïo

Qu'un jour sé li passèsse uno càouso parèïo.

Nèmo, à las géns qué li courièou

Lou pu vitamén qué poudièou,

Dé tout caïre, touto carièïro,

Surtout dévòr lou port et dé la Canabièïro,

se poursuivaient : — quelques-uns, paraît-il, singes de bonne maison; — qui avaient grimpé plus haut — que n'avait fait tout le reste, — se mirent dans la tête, — en patois du pays, haute voix, de chanter — la *Marseillaise?* non, ni la *Parisienne.* — Ils entonnèrent la *Brésilienne;* — leur hymne de la liberté! — Leur beau ciel, leurs amours, leur soleil qui flamboie! — D'ombre et de prairies, leurs forêts qui verdoient, — immenses d'étendue!!... Je voudrais bien vous la chanter — cet hymne, qu'un jour sera mise en musique, — mais comme je ne sais pas le langage américain, — celui des singes encore moins, — pour le moment nous nous en passerons.

A Marseille personne n'aurait eu l'idée — qu'un jour il se passât une chose semblable. — Même aux gens qui y couraient — le plus lestement qui leur était possible, — de tout côté, de toute rue, — surtout du côté du port et de la Canabière, — cela ne

Lus sémblavo pas vraï. Siòguo jouïnes ou viéls,
      Sé passavou la man as iéls.

      Lou capitani dàou navire,
      Furioûs d'aquél rabaladis,
      Dé bru, dé rires et dé cris,
      Qu'on l'àourié dit din lou délire,
Crido à tout l'équipaje : — Eh bé, dé qué fasès,
Fulobros, tarnagas? Vàoutres àoussi risès?
Tout aro pouriéï-bé, iéou, vous faïre pas rire.
Hardi! vito la casso à tout aquél béstiàou,
Fòou pas crégno surtout dé lus faïre dé màou;
      Mé lous fòou morts ou vious!

      Lous marins éscalavou ;
      Lous sinjes qué lous éspinchavou,
Crésèn qu'éles, també, çaï végnèou pér trépa,
      Et noun pas pér lous arapa ,
      Din lus léngaje dé sé diro :
      — Aïcl gn'a d'àoutres, anan rire.
Anén, éntanchas-vous. Qué sès flas et palòs,
      Nostes amis, lous matélòs!

leur semblait pas vrai. Soit jeunes ou vieux, — ils
se passaient la main aux yeux.

Le capitaine du navire, — furieux de cet esclan-
dre, — de bruit, de rires et de cris, — qu'on l'aurait
cru dans la démence, — crie à tout l'équipage :
« Hé bien! que faites-vous là, — indolents, imbéciles!
Vous autres aussi, vous riez? — Tout à l'heure, je
pourrais bien, moi, ne pas vous faire rire. — Hardi
et lestement, la chasse à tout ce bétail; — il ne faut
pas craindre, surtout de leur faire du mal; — il me
les faut morts ou vivants ! »

Les marins grimpaient (au haut des mâts); —
les singes qui les regardaient faire, — croyant
qu'eux aussi venaient pour gambader — et non
pour les prendre, — dans leur langage de se dire :
« — en voici d'autres, nous allons nous réjouir. —
Allons, dépêchez-vous. Que vous êtes flasques et
lourds, — nos amis, les matelots ! — Nous allons

Anan véïre quâou miel s faïre las grimaços,
    Cambalotos et viropassos.

Mais quan só n'én séguè prés unes cinq ou sièï,
Bièn saras pér lou col ou lou véntre, et qué pièï,
    D'amoun, aïçaval lous jétavou,
Ounté d'àoutres marins, préstes lous agafavou
Pér lous saqua dédin la gabio vitamén,
    Coumprénguèrou tout àoutramén.
    Adoun, pér só sàouva, pécaïres,
    Dàou nous courén dé lus cassaires,
Courièou vèr lous éndrés, ounté lou pu hardi,
Só sériè bé garda d'ana lous quère aquì.
Voui, mais ni maï ni mén ! brandussas à mesuro,
Coumo tombo dé l'àoubre uno frucho maduro,
Dé sinjes n'én plouguè sus lou pont, dins la mar !
    Réstavo la pu maje part,
Bièn crampounado as mats, as baroùs, àou courdaje.
D'un cousta lou céngloù, de l'àoutre lou négaje;
    A lus éntour pas gés d'abri :
    Ou la prisoù, ou bé mourì ;
Alor, d'un bastimén à l'àoutre sé sàouvavou,
Et lous marins aprés, pértout lous campéjavou.

voir qui mieux sait faire les grimaces, — les
cabrioles, les tours de force. »

Mais quand on en eut pris cinq à six,— bien liés
par le cou ou le ventre, et qu'ensuite, — de la haut
on les jetait en bas, — où d'autres marins postés
les recevaient — pour les fourer de suite dans la
cage, — ils comprirent différemment. — Alors,
pour se sauver, les pauvres ! — du nœud coulant de
leurs chasseurs, — ils courraient aux endroits où
le plus hardi — n'aurait pas osé les prendre là. —
Mais inutilement ! secoués à mesure, — comme se
détache de l'arbre un fruit mur, — des singes, il en
plut sur le pont, dans la mer ! — Restait la majeure
partie, — bien cramponnée aux mâts, aux vergues,
au cordage ; — d'un côté la corde, de l'autre la
noyade ; — autour d'eux, plus d'abri : — ou la prison ou bien mourir ; — alors, d'un bâtiment à
l'autre, ils se sauvaient, — et les marins partout
étaient à leur poursuite.

Din lou port Marséiés, coumo én toutes lous ports,
      Dé drécho et dé gàoucho, as dous bors,
      Ansin qué dé vagouns én garo,
Soun réténgus saras, alignas à l'amaro,
      Toutos las ménos dé véïssèous;
      Gouélétos, gabaros, batèous.
      Aoussi tout aquél rambaïajo,
Méscladisso dé mats, dó vérgos, dé courdajo,
On dirié, én hivèr, uno rasto fourès.
Lous sinjes, sé vésén campéjas dó tro près,
      A travès cordos et bouèsajo,
      S'éscabartavou, fujissièou
      Lou pu vitamén qué poudièou.

Dévèr lou foun dòou port et pas iuèn dé la rado,
      Dé Piémountés uno barquado,
En famïo prégnèou, sus lou pont, lus répas.
      Aïci, tout d'un van un sinjas,
      Qué coumo d'àoutres sé sàouvavo
      Léstamén, — la càouso préssavo, —
Dégringolo àou mitan d'éles coumo un diablas,
Pu lour, pu màou véngu qu'uno lèbre roustido.
      La fénno tréfoulis et crido.

Dans le port de Marseille, comme dans tout autre port, — de droite, de gauche, sur les deux côtés, — ainsi que des wagons en gare, — sont retenus serrés, alignés et amarés, — toutes les différentes espèces de bâtiments; — goëlettes, gabares et bateaux. — Aussi, tout cet ensemble, — mélange de mâts, de vergues, de cordage, — on dirait, en hiver, une forêt effeuillée. — Les singes, se voyant poursuivis de trop près — à travers les cordes et la boiserie, — se dispersaient et s'enfuyaient — le plus lestement qui leur était possible.

Vers les extrémités du port, non loin de la rade, — de piémontais tout une pleine barque, — en famille, prenaient, sur le pont, leur repas. — Voici que tout-à-coup un gros singe, — qui, comme les autres, se sauvait — vitement (c'était pressant), — tombe au milieu de ces gens comme un épouvantail, — plus lourd, plus mal venu qu'un lièvre rôti. — La femme tressaille et crie, — et les enfants

Et lous éfans àoussi, éscarnis, dé ploura.

    Aro, dé qué n'arivara?

    Lou Piémountés, sans diro garo,

    Sé i-acousso émpougno uno baro

    Pér assuqua lou màou aprés

Qué vèn troubla las géns qu'i démandou pas rés.

    Mais, votro! moun chèr camarado.

    Lou sinje, én li grimacéjan,

    Sé garo vite dé duvan

    Et sé sàouvo pér éscalado.

La casso aviè dura jusquos à gnuè toumbado.

Quan sé faguè l'apèl das sinjes, léndéman,

Coumo on po s'ou pénsa, bon noumbre né manquavo.

Dé qu'Aoudibèr faguè dé có qué li réstavo,

Sé n'èro pas parla; aï sachu soulamén

Qué dé suite éscriguè à soun couréspoundén

Qué, sé li vouiè pas déstimbourla la tèsto,

Dé pas pus gn'adréssa; n'aviè maï qué dé rèsto.

aussi, effrayés, de pleurer. — Qu'en arri-
vera-t-il, maintenant? — Le Piémontais sans
prévenir, — se hâte et se saisit d'un gros bâton —
pour assommer le singe mal appris — qui vient
porter le trouble parmi les gens qui ne lui demandent rien. — Mais, salut! mon cher camarade. —
Le singe en lui faisant des grimaces, — se lève vite
de devant — et il se sauve par escalade.

La chasse avait duré jusqu'à la nuit. — Quand
il se fit l'appel des singes, le lendemain, — comme
on peut bien le supposer, un bon nombre manquait
— Que fit Audibert de ce qui lui restait? — Il ne
s'en était pas parlé; depuis lors, j'ai appris seulement — qu'il s'empressa d'écrire à son correspondant — que, s'il ne voulait pas lui faire perdre
la tête, — c'était de ne plus lui en adresser; il en
avait plus que de reste.

TRÉS MÉS APRÈS

—

Moun histouèro finido ansin, à cinq ou sièï
    Dé mous amis la légissièï.
I-avièï fa, doumécis, tout cé qué poudièï faïro
    Pér lous éntéréssa, lus plaïro.
    Hé bé ! suito avédro acaba,
Un d'èles, én niflén sa préso dé taba,
Sou-mé-faï : — S'aquò 's tout, té rèsto à nous én diro
Bièn pu long. Car és pas lou tout dé faïro riro,
Só nous aprénes pas coumo tout finiguò.
    Digo-nous dó qué n'avénguè
Das sinjes, léndéman, dé lus éscabartado.
Uno part, nous as dit quó séguò récatado
    Pér Aoudibèr ; dó quó n'a fa ?
    Lous a-ti véndus ou garda ?
— Un àoutro, après aquél : quó géns dó pàou d'idéïos,
Dó fénnos ou d'éfans só pagou dó riséïos.
N'én démandou pas maï, sièguo, chacun soun gous ;
Èn d'homes fòou tout diro et lus parla sérioùs.

    A lus résoù mé réndéguère.
    Léndéman, én caml dé fèro,

TROIS MOIS APRÈS

Mon histoire terminée ainsi, à cinq à six — de mes amis je la lisais. — J'y avais fait, Dieu merci, tout ce que je pouvais y faire — pour les intéresser, leur être agréable. — Hé bien ! aussitôt avoir lu, — un d'eux, en aspirant sa prise de tabac, — me dit : « Si cela est tout, il te reste à nous en dire — bien plus long. Car il ne suffit pas de faire rire, — si tu ne nous apprends pas comment tout cela finit. — Dis-nous ce qu'il advint — des singes, le lendemain de leur échappée. — Une part, tu nous as dit, fut mise en lieu sûr — par Audibert, qu'en a-t-il fait ? — Les a-t-il vendus, les a-t-il gardés ? • — Un autre après celui-là : « Que gens de peu d'idées, — soit femmes ou enfants, se payent de ces plaisanteries. — N'en demandent pas plus, soit, chacun son goût; — à d'hommes• il faut tout dire et leur parler sérieusement.

A leur raison je me rendis. — Le lendemain, en chemin de fer, — je partais pour Marseille; j'allais

Partissièï pér Marsóïo; anave i rapuga
Cé qué, pér moun réci, fouïè pér l'acaba.

    Adoun, sito qué i-arivave,
      Sans pèrdre moun tén, m'énfourmave;
      Laïssave pas un soul quartiè,
Surtout dévèr lou port, cariëïro ou cariëïrouno,
Sans passa, répassa, présque lou jour éntiè,
      Coumo un nécias én farandouno.
S'avisave un quàouquus d'un abord avénén,
I-anave démanda quàouque ranségnamén.
D'unes, sito lou mot dé sinje ou dé mounino,
Mé risièou sus lou nas, mé viravou l'ésquino.
Dàoutres, én sé fasén signe la man àou fron,
Avièou l'èr dé sé dire : és touqua, a quicon.

Pér avédre trop lèou counfièuço à la mino
      D'uno révéndaïro d'haréns,
      Faço roujôoudo, longs péndéns,
Mé rébifè d'un mot pas pouli. Sa vésino,
Dé sa vouès rudo et ràouquo, i faï : Dé qué té vóou
Aquél chàoucho-bachas, dé méno dé raïòou?
Mais saïqué.... Oh, p·· maï i i-és réspoundu, pécaïre,
      Lou préngues ··as pér un gourin;

y recueillir — ce que, pour mon récit, il fallait
pour le compléter. — Ainsi, aussitôt que j'y
arrivais, — sans perdre mon temps, j'allais aux
informations; — je ne laissais aucun quartier, —
surtout à l'entour du port, rue ou ruelle, — sans
passer, repasser tout le jour, — comme un nigaud
désœuvré. — Si j'avisais un quelqu'un d'un abord
engageant, — j'allais le prier de me renseigner. —
Les uns, aussitôt le mot de singe ou de macaque,
— me riaient sur le nez, me tournaient le dos. —
D'autres, en se faisant signe, la main au front, —
avaient l'air de se dire : — « Cet homme à l'esprit
malade. »

Pour avoir trop tôt confiance à la physio-
nomie — d'une marchande de harengs, —
visage enluminé, longs pendants d'oreilles, —
elle me répondit d'un mot peu courtois. Sa voisine, — de sa voix rude et enrouée, lui dit : « Que
te veut-il, — ce trempe-bourbier, ce rayol? — mais
peut-être.... » « Oh! non, il lui est répondu,
le pauvre, — ne le prends pas pour un libertin; —

Aouriès bé tor; ni maï pér un sàouto-l'éngrin;
S'és pas défoun un cho, sé n'én fôou pas dé gaïre.

Un marchan dé saboù, davan soun magasin,
A l'éspéro, saïqué dé fa vénto, èro éntrin
Dé légi soun journal; à ma quéstiou ounèsto,
Lacho soun quicho-nas. Èn rédrissén la tèsto
M'éspincho, et sou-mé-faï : hé bé, moun chèr ami,
Vous counséïe d'ana vous rèndre à Sén-Rémi;
Aquí vous dounaran dé nouvèlos séguros.

Aquélos mouquariès, rires, afrouns, énjuros,
Et tant d'àoutres prépàous sanles et vérgougnoùs,
M'aviéou bèn é..gouïssa, n'aviéï lous ièls plouroùs.
Défoun dé..couraja. coumo mé dispàousavo
    A révéni, et quo passavo
Pér un quartié réscòs et prèsque abandouna,
    Ount'èro pas éncaro ana,
    Vèr lou mié d'uno cariéïréto,
    Dévistèro uno mouninéto
Èmpaïado, àou davan d'un éscu magasin,
    Tout plé, tout coufi lou dédin,

tu aurais bien tort; non plus pour un léger; — s'il
n'est pas tout à fait un hibou, il s'en faut de bien
peu. »

Un marchand de savon, devant son magasin,
— dans l'attente probablement de vendre, était
occupé — à lire son journal; à ma question polie,
— il laisse tomber son pince-nez. En redressant la
tête, — il me fixe et me dit : « Hé bien! mon cher
ami, — je vous conseille d'aller à Saint-Rémy, —
là on vous donnera des nouvelles positives. »

Ces moqueries, rires, affronts, injures, — et
tant d'autres propos sales, inconvenants, —
m'avaient bien affecté; j'en avais les yeux en pleurs.
— Entièrement découragé, comme je me disposais
— à revenir et que je passais — par un quartier
peu fréquenté, presque désert, — où je n'étais pas
encore allé, — vers le milieu d'une ruelle, — je
découvris un singe — empaillé au-devant d'un
obscur magasin, —tout plein, encombré, le dedans,

Dâou sôou jusqu'à l'énuâou, à las quatre muraïos,
D'armos, libres, tablèous et d'àoutros antiquaïos.
Lou marchan, quan m'aguè un moumén éscouta :
— Eh bé, moun bon, poudias pas pu mièl capita;
Ès déman lou gran jour! Sé voulès assista
    A la fèsto qué só préparo,
Pode vous faïre part d'uno carto, tout aro.
Véïrés cé qué jamaï éncaro s'ès pas vis
A Marséio. Bastian, un dé nostes vésis,
Après, àou mén cranto ans qu'a quita lou péïs,
Ès anfin révéngu. A fa dé longs vouïajes
Sus la tèro et sus mar; din toutes lous parajes.
    A foço vis et foço après.
    Pér vous-mèmo nén jujarés.
Ès él qué, quàouques jours après soun arivado,
Achétè, d'Aoudibèr, touto la troupélado
    Das sinjes qué i-avièou résta.
Én d'àoutres qué n'aviè, savès dé qué n'a fa?
El, habinle et pacién, n'a fa dé musicaïres,
    Dé coumédièns et dé dansaïres.
Déman, vous ou disièï, lou co s'én dounara :
Répas, councèr et bal. Aoussi sé jougara
    Uno poulido coumèdio,
Éntitulado : *A toua mon amour pour la vio.*

du sol jusqu'en haut, aux quatre murs, — d'armes,
livres, tableaux et autres vieilleries. — Le marchand, après m'avoir écouté un moment : — « Hé
bien! mon cher, vous ne pouviez mieux réussir ; —
c'est demain le grand jour! Si vous désirez assister
— à la fête dont on se préoccupe, — je puis vous
faire part d'une carte, tout à l'heure. — Vous
verrez ce qui encore ne s'est vu — à Marseille.
Bastien, un de nos voisins, — après au moins
quarante ans qu'il a quitté le pays, — est enfin
revenu. Il a fait de longs voyages — sur terre et
sur mer, dans toutes les contrées. — Il a beaucoup
vu et beaucoup appris. — Par vous-même vous en
jugerez. — C'est lui qui, quelques jours après son
arrivée, — acheta, d'Audibert, tout le troupeau —
de singes qui lui étaient restés. — Avec d'autres
qu'il avait à lui, savez-vous ce qu'il en a fait? — Lui,
habile et patient, il en a fait des musiciens, — des
comédiens et des danseurs. — Demain, je vous le
disais, la mise en scène : — Repas, concert et bal.
Aussi on jouera — une très-jolie comédie, — inti-
tulée : *A toi mon amour pour la vie.* — Je pense que

Pénse que tout aïço vous éntéréssara ;
Mèmo, s'ou désiras, coumo hièr assistère,
    Lou souèr, à la répétíciou,
    Vous én faraï la rélaciou.
    — Bièn voulountiè, réspoundéguère.

Li sian quàouques amis soulamén énvitas,
Avian déja prés plaço én dé bans rambouras.
    Lous musicaïres à l'ourquèstre,
Chacun soun éstrumén ; un sapazoù, lus mèstre,
Piquo subre un pupitre et la musiquo vaï.
Chacun jogo soun air sus lou toun qué li plaï.

    Sito la musiquo amaïsado
    Et tan lèou la tèlo nàoussado,
    Pér on sa pas quinte mouïèn,
    Bastian, qu'és un habinle artisto,
    Mèmo quàouque pàou masicièn,
L'hourisoun sé douvris iuèn à pèrto dé visto !
L'àoubo, aval qué pounchéjo, anounço lou mati.
Davan nàoutres avian, dé tout caïre éspandi,
Lou désèr sàouvèrtoùs ! Bièn aval din la plano,

tout cela vous intéressera; — même, si vous le
désirez, comme hier j'ai assisté, — le soir, à la
répétition, — je puis vous en faire le récit. — « Bien
volontiers, lui répondis-je.

« Nous étions là, quelques amis seulement, in-
vités, — nous avions déjà pris place sur des bancs
rembourrés. — Les musiciens à l'orchestre, —
chacun son instrument; un sapajou, leur maître, —
frappe sur son pupitre et la musique joue. — Chacun joue son air sur le ton qu'il lui plaît.

« Aussitôt que la musique a fait silence — et
que le rideau se hausse, — par on ne sait quel
moyen, — Bastien, qui est un artiste incomparable
même quelque peu magicien, — l'horizon se
déroule loin à perte de vue! — L'aube, qui déjà se
montre, annonce le matin. — Devant nous, de
tous côtés, nous avions l'étendue — du désert
aride! Bien loin là bas dans la plaine, — nous

Vésian s'acamina, longo, uno caravano,

Embé sous alafans, ascs, chivals, camèous;

D'unes lus cavaiès, d'àoutres én lus fardèous

         Dé prouvésious pér lou vouiaje.

Bén-Mohamè-Zocò, fil dàou visir Baboù,

Émbé sous ouficiès et sa gardo d'hounoù,

Van én Asïo, ounté i-és proumès én mariaje

         La princèsse Lïa-Baban,

         Fïo uniquo dàou gran sultan.

D'éntrémén foudrià pas sé métre din la tèsto

         Qué tout vaï sé passa én fèsto?

Dé vouïajes tan longs, én d'aquélos pèls,

Sé fan pas sans danjò, ni sans rabaladis.

Véïrés qué lous bédouins un souèr lous assupèrou;

         Voulèou lus gara lus trésors.

Mais Zocò et sas géns, bièn armas, résistèrou,

         Mèmo séguèrou lous pu fors;

Et lous bédouins pïars, batus, s'éscabartèrou.

         Dé tout parti i-aguè dé morts.

Trés jours aprés, én mar, susprés pér un àouraje,

Lous véïrés àou moumén dé pèri d'un nàoufraje,

voyons s'acheminer une longue caravane — avec
ses éléphants, ânes, chevaux, chameaux ; — les uns
avec leurs cavaliers, d'autres avec leurs fardeaux —
de provisions pour le voyage. — Bèn-Mahomet-
Joko, fils du visir Babou, — avec ses officiers et sa
garde d'honneur, — vont en Asie où il lui a été
promis en mariage — la princesse Lïa-Baban, —
fille unique du grand Sultan.

« Cependant il ne faudrait pas se mettre dans la
tête — que tout va se passer en réjouissance? —
Des voyages aussi longs, en ces pays, — ne se font
pas sans danger, ni sans quelques contre-temps. —
Vous verrez que les Bédouins, un soir les sur-
prirent, — voulant leur enlever leur butin. — Mais
Joko et ses gens, bien armés, se défendirent, —
même ils eurent le dessus ; — et les Bédouins, pil-
lards, battus, se dispersèrent. — De tout parti il
y eut des morts. — Trois jours après, en pleine
mer, surpris par une tempête, — vous les verrez
au moment de périr d'un naufrage, — sans pouvoir

Sans poudre n'éscapa. Séguèrou bé huroùs
Qu'un véïsséou dé l'éndré lus pourtèsse sécoùs.

Révéne à nosto caravano,
Qué loungarudo sé débano
Coumo farié 'no bèlo sèr,
Qu'aprés avédre, anfin, travéssa lou désèr,
Dóvèr sa bàoumo s'acamino.
Et léou énlaï, tras la coulino,
Arivo, sé i-énfounço, et la vésès pas pus.
La tèlo tombo aquí déssus.

Aprés un mouméné dé pàouso
Et d'un air dé musiquo, aïci tout àoutro càouso
Qué lou rasto désèr, énsabla et tan càou.
Dé vèrdos pradariés, tout dé long d'un bésàou,
Qué souloumbrou dé bèous castagnès et dé pivous,
Qué lus pu nàous broundèls vérdéjou din las nivous.
La caravano aïci, aréstado én répàou,
Coumo li séra dé couchado,
Chacun, séloun soun róng, a sa ténto drissado.
On a douna van àou bèstiàou
Qué, sans énfèrios ni sans brido,

en échapper. Ils furent heureux — qu'un vaisseau
de l'endroit leur porta secours.

« Je reviens à notre caravane, — qui très-longue-
ment se déploie — comme ferait un énorme ser-
pent, — qui, après avoir, enfin, traversé le désert,
— du côté de son repaire il se dirige, — et bientôt
là-bas, derrière la colline, — elle arrive, s'y enfonce,
et vous ne la voyez plus. — Le rideau retombe sur
cela.

« Après une courte pause — d'entr'acte et
d'un air de musique, ici tout autre chose — que
l'aride désert, ensablé et si chaud. — Des vertes
prairies, le long d'un béal, — qu'ombragent des
beaux châtaigniers et des peupliers, — dont leurs
plus hauts rameaux verdoient dans les nues. — La
caravane ici arrêtée en repos, — comme elle y
sera de couchée, — chacun, selon son rang, a dressé
sa tente. — On a donné la liberté aux bestiaux —
qui, sans entraves aux pieds ni sans bride, — pais-

Pasturgo, én libérta, l'hèrbo frésquo et flourido.

Chacun, dé noste moundo, àoussi prén soun parti,

Énjusquo lou moumén qué foudra réparti.

Adoun, pér quàouque tén, ni fatigo, ni péno.

Quàou manjo, pipo ou dort, ou canto ou sé pérméno.

Né rémarquas àoussi d'assétoùs sus lou quiou,

A la modo das turs, ténén counvèrsaciou.

Rémarquarés tambó, qu'à la ténto princiéïro,

La qu'én l'air faï flouta lou pu nàou sa bagnéïro,

I-a pas dingus dédin. Zocò quó n'és parti,

      Sé gandira déman mati

      A la cour dé sa préténdudo.

      Avèrti dé sa biénvéngudo,

Lou Sultan i-a manda un batèou à vapoù,

Pér él, sous ouficiés et sa gardo d'hounoù.

Aou nàoussa dàou ridèou, lou pouli jour dé fèsto!

Hiuéï, lou tén i-a carga sa pu poulido vèsto.

És lou mati. Lou cièl és lindo, radioùs,

Et la mar, soun miral sans fin, éspétacloùs,

Lou rétraï én éntié din sa majo éspandido!

Prèsquo pas roundinouso, éndoulénto, poulido,

Soun oundado aplanado et bluïo, én sourisén,

sent, en liberté, l'herbe fraîche et fleurie. — Chacun
de nos gens aussi prend son parti — pour, jus-
ques au moment qu'il faudra, se remettre en route.
— Ainsi, pour quelques temps, ni fatigue ni peine.
— Qui mange, fume, ou dort, ou chante, ou pro-
mène. — Vous en remarquez aussi qui sont assis
sur leur jambes croisées — à la manière des turcs;
ils tiennent conversation. — Vous remarquerez
aussi, qu'à la tente princière, — celle qui fait
flotter en l'air le plus haut sa bannière, — il n'y a
personne dedans. Joko qui en est parti, — arrivera
demain matin — à la cour de sa promise. — Averti
de sa bienvenue, — le Sultan lui a envoyé un
bateau à vapeur, — pour lui, ses officiers et sa
garde d'honneur.

« Au lever du rideau, le joli jour de fête ! — Aujourd'hui, le temps l'a vêtu de son plus bel éclat.
— C'est le matin. Le ciel est serein et radieux, —
et la mer, son miroir immense, splendide, — le
reproduit entièrement dans son étendue ! — La
mer presque pas agitée, dans son calme superbe,
— sa surface aplanie et bleue, en souriant, — roule

Rabaléjo, én féstouns, soun éscumo d'argén !
On réspiro déja, houro dé matinado,
La briso dàou matl, dé frésquiéïro àoudourado.

      Aïcl lou port et sous véïsséous
Dé toutos las nacious qu'àoubourou lus drapéous;
Et la gran-vilo àoussl, iuén, énlaï alandado;
      Sous fàoubourgs et soun ésplanado ;
Sas plaços, sous jardis, sas fons, sous mounuméns,
      Nàou din lous airs réspléndisséns !
Mais rés apario pas, coumo qu'ou piésque dire,
      Dé quinte biaï qué vous ou vire,
Lou palaï dàou Sultan ! És un quicon dé mal,
Qué cé qué dé pu béou sé siégue vis jamaï.

Aousirés lou canoù réssountl din la rado;
Aquò és lou signàou qu'anounço l'arivado
Dàou batéou, qu'à Zocò, és ésta énvouïa.
Vèn à touto vapoù. Aou moumén d'aproucha,
La gardo dàou Sultan, tambours, musiquo én tèsto,
Qué, pér l'ana réçàoupre avièou téngudo prèsto,
Arivo sus lou port; sé déspléguo én dous réngs
Pér l'éscourta, as cris et das aplàoudiméns

onduleuse, en festons, son écume argentée ! — On res-
pire déjà, heure de matinée. — Sa brise fraîche et
odorante.

« Là, voici le port et ses vaisseaux — de toutes
nations, qui ont arboré leurs drapeaux ; — et la
ville capitale aussi, loin là bas, s'étend ; — ses fau-
bourgs et son esplanade ; — ses places, ses jardins,
ses fontaines, ses monuments, — haut dans les airs
resplendissant ! — Mais rien n'est à comparer,
comme que je le puisse dire, — de quelle façon que
je le tourne, — au palais du Sultan ! C'est quelque
chose de mieux, — que ce que de plus beau se
soit vu jamais.

« Vous entendrez le canon retentir dans la rade.
— C'est le signal qui annonce l'arrivée — du bateau,
qu'à Joko, a été envoyé. Il vient à toute vapeur. Au
moment d'approcher, — la garde du Sultan, tambours et musique en tête, — que, pour aller le recevoir, on avait tenu prête, — arrive sur le port ; elle
se déploie en deux rangs — pour l'escorter, aux cris
et aux applaudissements — de la population, qui

Dé la poupulaciou, qué sé i-acousso én foulo.

La porto dâou palaï sé driévo touto soulo,

Et lou sultan sé mostro émbé sous grans ségnoûs,

Véstis d'or et d'argón, et trélusóns dé crous.

Rémarquarés, també, d'or, dé sédo, atifado,

La princèsso à sa drécho, élo âoussi éntourado

Dé sas damos d'hounoù.   .

          Zocò, dâou gran Sultan,

Lou bièn-véngu, i-adresso un coumplimén charman.

Vous lou récite pas. Cé quó pode vous dire,

És qué, quan l'âousirés, lou trouvarés bièn fa ;

Lou Sultan n'én séguè maï qué maï satisfa.

La princèsso, aïtabé, dé soun pu dous sourire,

Prouvè qué li prégnè, élo, bièn dé plési,

Coumo lous grans ségnoûs et las damos âoussi.

Après lous coumpliméns, ansin qué n'és l'usaje

       Én Turquïo, lou gran Sultan

Prén la man dé sa fïo et la més din la man

Dé soun géndre Zocò, lous unis én mariaje.

Adoun, tout acoumpli, la pièço finira,

Et pér lou darié co, lou ridèou toumbara.

s'y porte en foule. — La grande porte du palais s'ouvre d'elle-même, — et le Sultan se montre avec ses grands seigneurs, — vêtus d'or et d'argent, tout reluisants de décorations. — Vous remarquerez aussi, d'or et de soie costumée, la princesse à sa droite, elle aussi entourée — de ses dames d'honneur.

« Joko, du grand Sultan, — le bienvenu, lui adresse un compliment très-joli. — (je ne vous le récite pas). Ce que je puis vous dire, — c'est que, lorsque vous l'entendrez, vous le trouverez bien tourné; — le Sultan en fut on ne peut plus satisfait. — La princesse aussi, de son plus doux sourire, — prouva qu'elle y prenait bien du plaisir, — comme les grands seigneurs et les dames aussi. — Après les compliments, ainsi que c'est l'usage — en Turquie, le grand Sultan — prend la main de sa fille et la met dans la main — de son gendre Joko, et les unit en mariage; — alors, tout accompli, la pièce aura fini, — et pour la dernière fois, le rideau tombera.

Aïcì, fòou bé qué vous ou digue?
Avan d'ana pu iuèn, fòou quó vous avérligue
    Qu'àou tïatre fòou só garda
Dé pas tro, dàou ménu, dé procho régarda
Tout có qué vous poura passa davan la visto ;
Ou fòou véïro àou co-d'ièl dé pouèto et d'artisto,
    Sans tro ni tro pàou d'aténciou,
    Pér n'én pas pèrdre l'ilusiou.
Présémple lou Sultan, càousi parmi la méno
Das barbaròs pèoulus, camar, prin dé bédéno ;
Sou-barbo blanquinoùs; lou nas négre, aplati,
    És pu lòou hore qué poull.
Mais souto soun mantèl, sa bourudo pérsouno,
Sa tèsto jusqu'àou nas, din soun amplo courouno,
    Dé iuèn paréï, én vérita,
    Cé qué l'on vòou réprésénta.
Pér lou galan Zocò, émbé sa rédo quuïo,
Qué, quan sé quïo dré, dirias qué só i-apuïo,
Pér qué paréïgue pas disgracïouso àou co-d'ièl,
On li faï rabala, long, soun ample mantèl.
Et dé Lïa-Baban, tan génto dé coursaje,
Fourié pas dé tro proche éspincha soun visaje.

« Ici, il faut bien que je vous le dise? — Avant
d'aller plus loin, il faut que je vous prévienne —
qu'au théâtre il faut bien se garder — de trop mi-
nutieusement, et de trop près observer — tout ce
qui pourra vous passer devant la vue; — il faut
voir avec les yeux du poëte et de l'artiste, — sans
trop ni trop peu d'attention, — pour mieux
jouir du prestige. — Par exemple, le Sultan, choisi
parmi l'espèce — des singes à long poil, camus peu
ventru, — sous-barbe grisonnant, le nez noir,
aplati, — il est plutôt laid que beau. — Mais sous
son manteau, sa personne velue, — et sa tête très-
enfoncée dans son ample couronne, — de loin, il
apparaît en vérité — tel que l'on a voulu le repré-
senter. — Pour le galant Joko, avec sa queue roide,
— qui, lorsqu'il se tient droit, on dirait qu'il s'appuie
dessus, — pour qu'elle ne paraisse pas disgracieuse
à voir, — on lui fait traîner, long, son large manteau.
— Et de Lia-Baban, si gentille de tournure, — il ne
faudrait pas de trop près lui regarder le visage. —

Élo, dé quuïo n'a pas gés;

Aqui pér qué fóou pas, noun pus, qué li végués

Soun pétadoù. Ansin das àoutres pérsounajes,

Desquuïas : ouficiès, damos d'hounoù ou pajes.

Sé d'éles nous viran vèr nosto humanita,

Soun déforo, noun pus, n'és pas tout vérita.

As tïatres, as bals, as councèrs ou souèrados,

Qué dé moussus faròs et damos bièn nipados,

Toutes l'air distingua et dé noblo façoun,

Qué, s'on i régardavo à foun,

Tènou dàou sinje, amaï qué n'agou pas la mino !

Qué dé géns, qué dé iuèn, pudou lus ourigino !

Car savès bé có qué sé dis?

Din dé bèous libres sé légis

Qué nosto raço tèn d'éles soun ézisténço,

Dé décéndénço én décéndénço;

Mais qué fóou rémounta maï dé milo milo ans,

A có quó disou lous savans.

— Dé qué mó rabusas? aïci, iéou, dé li dire.

— La vérita. Amaï i-a pas dé qué n'én rire.

— Adoun, coussi sé faï, li résponde à moun tour,

Qué dé sinjes, démpièï, sé n'én végue toujour

Qué démorou tout pèou? fourbian la décéndénço

Elle, de queue n'en à point; — voilà pourquoi il
ne faut pas, non plus, que vous lui voyez — son
pétoir. Ainsi des autres personnages, — le derrière
pelé : officiers, dames d'honneur ou pages.

« Si des singes nous en venons à notre nature
humaine, — son dehors, non plus, n'est pas tout
vérité. — Aux théâtres, aux bals, aux concerts ou
soirées, — que de messieurs fringants, et dames
parées de riches atours; — tous l'air distingué et
de noble façon, — que, si on les observait à fond,
— tiennent des singes, quoiqu'ils n'en aient pas
l'air! — Que de gens de bien loin dénotent leur
origine! — Car, vous savez bien ce qui se dit? —
Dans d'illustres livres il se lit — que la race humaine
tient, des singes, son existence, — de descendance,
en descendance; — mais en remontant des milliers
des milliers d'années, — à ce que nous assurent les
savants. » — « Que me chantez-vous là? ici, moi de
lui dire. » — « La vérité. Il n'y a pas de quoi en rire. »
— « Alors comment se fait-il, je lui réponds à mon
tour, — que des singes depuis lors, se voient encore
— avec tout leur poil? ne suivent pas la descendance

Dó vosto mïoun d'ans? Dó quó nó dis la ciénço?

— La ciénço prouvara quó soun nostes paréns,

Én rémountan prou nâou din la nèblo das téns;

Mais quó, pér on sa pas coumo a pougu sé faïro,

Sé n'atrovo toujour qué davalou dé caïro.

Un jour, sé réncountras un sinjo, cridas-i :

Cousi, bièn lou bonjour, bièn lou bonjour, cousi...

      Vosto salutaciou hounèsto,

Ségu qué li fara vira vér vous la tèsto.

Séra pas éstouna, ni vous dira pas rés;

Cé qué vous prouvara qué vous a bièn coumprés.

      Fóou bó só rèndre à l'évidénço?

Anfin, dé quó risquas? fasès-nó l'éspériénço,

      Quan sé préséntara lou cas.

      La ciénço, anas, só troumpo pas.

      Milo résoùs, d'aquél calibro,

      Soun éscrichos dédin lou libre;

Poudès i las légi, sé li métès lou nas.

Mais, tout aro... pér faïro aïci lou mouralisto,

      Mó souï un pâou tro désana.

      Counvèn dé pèrdro pas dé visto,

Qu'après la coumédïo, un bal séra douna.

Parlén dâou bal.

—de votre million d'années? Qu'en dit la science? » —
« La science vous prouvera que ce sont nos parents,
— en remontant assez haut dans le brouillard des
siècles ; — mais qu'on ne sait pas comment il a pu
se faire — qu'il en reste toujours qui descendent
par la voie détournée. — Un jour, si vous ren-
contrez un singe, criez-lui : — cousin, bien le bonjour, bien le bonjour cousin... — Votre salutation
amicale, — assurément, lui fera tourner vers vous la
tête. — Il n'en sera pas surpris, ni ne vous répondra
pas ; — ce qui vous prouvera qu'il vous a bien compris.
— Il faut bien se rendre à l'évidence? — Et mais tenez,
que risquez-vous? faites en l'expérience, — quand
il s'en présentera l'occasion. — La science, allez, ne
se trompe pas, — Mille raisons de cette nature —
sont écrites dans le livre ; — vous pouvez les y lire,
si vous y jetez les yeux. — Mais un moment...
pour faire ici le moraliste, — je me suis un peu trop
laissé aller. — Il convient de ne pas perdre de vue
— qu'après la comédie, un bal sera donné. — Parlons du bal.

Aourés la salo énluminado

Én d'àoumén cranto bès dó gaz.

D'un cousta lou tïatro et dó l'àoutre l'éstrado.

Dé sètis én véloù, ounté lous énvitas

Préndran plaço. Én avan, lou sinjàou musiquaïre;

Toujour soun mèmo sàoupre faïre.

Aprés un air ou dous, lou gaz s'amoussara;

Un ésclaïre tout vèr, qué lou ramplaçara,

Vous fara réssourtl, pu poull qué naturo,

D'uno fourés, l'àoubrajo, et l'oumbro, et la vèrduro.

L'ésquinlo drindara, lous sinjes éntraran

Dous à dous, bras à bras, ou só baïlén la man.

Dé suito éntras, suito ón cadanço.

La musiquo s'aïgréjo et zou! la contro-danso;

Et coumo soun ésta, dé longo, bièn aprés,

A tout cé qué só faï, i manquara pas rés.

Lou viro-tour, lou vaï, lou vèn, la révirado;

L'anavan-dus, lou tour dé man, la balandrado;

Lou viroulé, l'éncrouséïado.

Tout én sàoutéjan, danséjan,

Unos cinq ou sièï sinjounétos,

Éntre lus dés, à chaquo man,

Faran brounzina lus triquétos.

« Vous aurez la salle illuminée, — avec au moins
quarante becs de gaz. — D'un côté le théâtre et de
l'autre l'estrade. — Des siéges en velours où les in-
vités — prendrons place. En avant, seront les
singes musiciens, — toujours avec leur même
savoir-faire. — Après un air ou deux, le gaz s'étein-
dra. — Un éclairage tout vert, qui surgira à sa
place, — vous fera apparaître plus beau que nature
— d'une forêt, les arbres, et l'ombre, et la verdure.
— La clochette tintera, les singes entreront en
scène — deux à deux, bras à bras, ou se tenant par
la main. — Aussitôt entrés, aussitôt en cadence. —
La musique se met en train, et hardi ! la contre-
danse ; — et comme depuis longtemps ils ont été
bien dressés, — à tout ce qui se fait il n'y manquera rien : — le tournez, le va, le vient, le retour
— l'en avant-deux, le tour de main, le balancez, —
le vire-tournant, le chassez en avant, en arrière. —
Tout en sautant et dansant, — cinq à six jeunes
guenons, — entre les doigts, de chaque main, —
feront retentir leurs castagnettes.

Nâoutres, lous assisténs, à la répéticiou,
Charmas dô lus bon biaï, dô lus éducaciou,
    I-aplâoudissian, s'ôn vaï sans dire.
    Nous én risian à cacalas.
Nostes aplâoudiméns plasièou, fasièou rire
Aoussi moussu Bastian qué n'èro fièr, pénsas !
Après la contro-danso, aïci dé farandounos
Coumo las qué sé fan én péis cévénôou.
    Aourias vis dé léstos sinjounos
Qu'èrou toujour én l'air; toucavou pas lou sôou.
    La musiquo avìè fa sìlénço ;
    Lou galoubé dé la Prouvénço,
Émbé lou tambourin, darìès, lous suvissìèou.
Quan ou véïrés dirés qué i-a rés dé pu bèou.

Véjo aïci qu'un moumén, la vèrdo luminado,
    Tout émb'un co séguè chanjado
Èn lusido dé sang; un èsclaïro d'anfèr !
Aourias dit las fourès d'aïlaval, lucifèr.
    Pa pus nosto vèrdo pélouso,
Mais, sans flamo, pèrtout la tèncho roujinouso.
Uno vouès, d'on sa pas dé mounté partiguè,
    Tout àou rodou réssountiguè :

« Nous autres, les assistants à la répétition, — charmés de leur habileté, de leur savoir-faire, — nous y
applaudissions, cela va sans dire. — Nous en riions
aux éclats. — Nos applaudissements réjouissaient,
faisaient rire — aussi monsieur Bastien, et qui en
était fier, pensez! — Après la contre-danse, voici les
farandoles, — ainsi qu'elles se font en pays cévenol;
— vous auriez vu de lestes jeunes guenons — qui
étaient toujours en l'air; elles ne touchaient pas
terre. — La musique ne jouait plus. — Le galoubet
de la provence — et aussi le tambourin, derrière
suivaient. — Quand vous le verrez, vous vous direz
qu'il n'est rien de plus beau.

« Voici qu'un moment, la verte clarté — tout à
coup est transformée — en une lumière de sang;
une lueur d'enfer! — vous auriez dit les forêts
rouges du démon. — Plus notre verte pelouse, —
mais sans flammes, partout un rouge éclat. — Une
voix, d'où on ne sait venue, — autour de nous re-
tentit : — *Tartanis, tartanas, en avant la danse*

Tartanis, tartanas, il la déscabéstrado!
Tan lèou aquéles cris dé désordre infèrnal.
    Zou, lous sinjes én débandado.
    Aquò séguè pas pus un bal
    Coumo d'àoutres, dé counvénénço,
    Mais vérgougnoùs, sans réténénço :
Hore rabaladis d'uno roundo d'anfèr.
Quàou coure, quàou sé runlo et quàou sé lèvo én l'air.
Et toutes à la fés hidoulavou, gràoulavou,
    Grimaçavou, cambaloutavou ;
N'én sian éstabourdis, savian pas ounté sian.
Dé rire, én tout aquò, nous éspouchigavian.
    Mais lèou s'amaïsè noste rire !

    Coumo uno troumbo tout d'un van,
Nous sàoutèrou déssubre ; aqui séguè lou pire.
Bastian charavo prou, mais tout cé qué disiè
    Èrou dé paràoulos pérdudos.
    Pas uno soulo àoubéissiè,
    D'aquélos bèstiolos tèstudos.
Toujour lou mèmo trin et lou mèmo broun-broun ;
    Toutos én l'air, pas gés à tèro,
Nous fourfouïavou du, coumo sé pas rés n'èro.
Quàou laïsso éndavala tro bas soun coutïoun,

effrénée! — Aussitôt ce cris de désordre infernal,
— hardi, les singes en débandade. — Ce ne fut plus
un bal comme d'autres et de convenance, — mais
honteux, indécent, sans retenue : — Hideux dévor-
gondage d'une ronde infernale. — Qui court, qui
se vautre ou saute en l'air. — Et tous ensemble
hurlaient, glapissaient, — grimassaient, faisaient
des cabrioles. — Nous en étions ahuris, nous ne
savions plus où nous étions, — et nous étouffions
de rire. — Mais bientôt se calma notre rire !

« Comme une trombe, tout à coup, — les singes se
jetèrent sur nous; pour lors ce fut le pire. —
Bastien se fâchait bien, mais tout ce qu'il disait —
était des paroles en vain. — Pas une seule n'en
tenait compte, — de ces bêtes opiniâtres. — Toujours le même train, le même désordre. — Toutes en
l'air, pas une ne touchait à terre. — Elles nous
farfouillaient sans ménagement, comme si de rien
n'était. — Qui laisse tomber bas son cotillon — ou

Ou lou laïssén toumba défoun,

Nous mostro sous débas, toutes tràouquas dé maïos.

Uno, nous jèto àou nas sa coïfo et soun cignoun ;

Dous ou trés désbraïas nous éscampou lus braïos,

Ou lus càoussiès, ou quicon maï !

I-a 'no càouso qué quan vous prén et qué sé faï,

On s'aluèncho dé la coumpagno ;

N'én dise pas lou noum ; rimo émbé lou mo : *sagno*.

Moun vési, qué séntiè régoula din soun col

Un jè d'aquél quicon dé tébès, qué lou bagno,

S'ésgràoumlavo prou, gulavo coumo un fol ;

Aourias dit qu'on l'ésbouïéntavo.

N'àoutres, qué savian bé cé qué li capitavo,

Li disian : — taïsas-vous, tubàou, dé qué badas ?

N'aguès pas pòou, cé qué vous bagno tuïo pas.

Èn sàoutan, darlès léou, uno laïdo mounino

Tombo, mais tout d'un van, s'arapo à moun ésquino,

Soun mourcà moun àouréïo et mé gràoulo : *gnàou, gnàou.*

És vraï qué mé faguè maï dé pòou qué dé màou ;

Émpacho pas qué i-énvoulère

Bièn rédo un co dé poun, mais salu.... la manquère.

l'abandonnant tout à fait, — nous montre ses bas percés de trous; — une autre nous jette au nez son bonnet et son chignon; — deux ou trois débraillés nous jettent leurs pantalons, — ou leurs chaussures, ou autres choses!

« Il y a un quelque chose que, lorsqu'il vous prend et qu'on y satisfait, — on s'écarte de la compagnie; — je n'en dis pas le nom; il rime avec le mot : *terrine*. — Mon voisin, qui sentait lui tomber dans le cou — un jet de ce quelque chose de tiède qui le mouille, — se secouait pas mal, il criait comme un enragé; — vous auriez dit qu'on lui jetait de l'eau bouillante. — Nous autres, qui savions bien ce qui lui survenait, — nous lui disions : taisez-vous donc, nigaud, que criez-vous? — Ne craignez rien, ce qui vous mouille ne tue pas. — En sautant derrière moi, une laide guenon — tombe, mais lestement elle me grimpe sur le dos, — son museau à mon oreille, elle me miaule : *gnâou-gnâou*. — Vraiment, elle me fit plus de peur que du mal; — néanmoins, je lui envoyai — un rude coup de poing, mais, votre serviteur... je ne l'atteignis pas.

Dé tout aïçò n'én tiro aquésto vérita :
     Sinjes, ou géns dò màouvoulénço,
     Sé lus laïssas tro dé licénço,
     S'émbriaïgou dé la libérta ;
Alor lou diable i-és quan fòou lous arésta.

     D'aquélo fèbre dansarèlo,
Màou hounèsto surtout, Bastian, pér n'en fini,
Vésén qué d'àoutre biaï volou pas i-àoubél,
Vous lus tombo déssubro à grans cos dé canèlo.
Oh ! pér aquél mouièn la farço finiguè.
Chacun, sans démanda soun rèsto, fujiguè
     Din las coulissos dàou tïatro,
Tout én sé butéjan, trés-à-trés, quatre-à-quatre.

Aïçò sé passara différamén déman.
     Las damos, qué i-assistaran,
S'éscandalisarièou d'aquélos éndécénços.
És nécito dé mièl garda las counvénénços.

Cèrto, moussu Bastian, voudrià bé voulountiè
Couvida maï dé géns, surtout dé soun quartiè,

« De tout ceci j'en tire cette vérité : — singes ou gens de mauvais vouloir, — si vous leur laissez trop de licence, — ils s'enivrent de la liberté, — alors le diable y est quand il faut les arrêter.

« De cette danse furibonde, — mal honnête surtout, Bastien, pour en finir, — voyant que par tout autre moyen on refuse de lui obéir, — il leur tombe dessus à grands coups de son long bambou. — Oh ! pour lors, la farce cessa. — Chacun, sans demander son reste, s'enfuit — derrière les coulisses du théâtre, — tout en se culbutant les uns les autres.

« Ceci se passera tout autrement demain. — Les dames qui assisteront à la représentation, — se scandaliseraient de ces incongruités. — Il est de toute nécessité de mieux observer les convenances.

« Certainement, monsieur Bastien, voudrait bien volontiers, — inviter plus de monde, surtout des gens de son quartier, — mais la salle étant trop

4.

Mais la salo óstén tro déstrécho, lou décido
Dé lous faïro joul àou mén dé la sourtido
　　　Dé la noço, dé dous én dous :
　　　Damos àou bras dé lus éspoùs.
Él n'àoura lou gouvèr. Pér compléta la fèsto,
　　　Marchara, la musiquo, én tèsto.
Pièï, én publi tambó, quan tout séra réntra,
Én plén air, din la cour, lou répas sé fara.
La tàoulo n'én séra só po pas mièl fournido
　　　Dé có qué mièl charmo la vido :
　　　Dé frucho et dé pastissariés,
Pér lou gous d'un chacun, damos ou cavaïés :
Drajéïos, bérléngòs, aménloùs, afachados,
Gimbélétos, sodès et dé lisquos dàourados ;
Mèmo couro lou bru qué s'i béoura dé vi.
I manquara pas rés. I-àoura, pér lous sérvi,
　　　Las pu fringantos sinjounétos,
Én couïfó, fandàou blan ; dàou mièl récatadétos.

Pénse bé qué, noun pus qué léou, vous fichas pas
　　　Dé lus sourtido, lus répas ?
　　　Aquò 's bo pér lou vésinajo.
N'és pas dé nosto gous, ni tapàou dé nosto aje,
　　　Dé i-ana pèrdre nosto tén.

petite, le décide — à leur faire la gracieuseté, à tout
le moins, de la sortie — de la noce de deux en deux :
— les dames aux bras de leurs époux. — Lui, en
prendra la direction. Pour compléter la fête, —
marchera, la musique, en avant. — Ensuite, publi-
quement aussi, quand tout sera rentré, — en plein
air, dans la cour, le repas se fera. — La table en
sera, on ne peut pas mieux, approvisionnée — de
ce qui mieux charme la vie : — de fruits et de pâtis-
series, — selon le goût d'un chacun, dames et cavaliers : — dragées, berlingots, amandes, châtaignes
rôties, — gimbelottes, échaudés et gâteaux dorés ;
— même il se dit qu'il se boira du vin. — Il n'y
manquera rien. Il y aura, pour les servir, — les
plus fringantes jeunes guenons, — en bonnets co-
quets, tablier blanc ; gracieuses au possible.

« Je suppose bien que vous, pas plus que moi,
vous ne vous souciez — de leur sortie ni de leur
repas ? — Tout cela est bon pour les gens du voi-
sinage. — Ce n'est pas de notre goût, non plus il
ne convient pas à notre âge, — d'y aller perdre notre

Vénès déman dô vèspro, énsémblo nous réndrén ·
Chès moun ami Bastian, farés sa counouïssénço.

Récoumanda pér un ami,
Vous réçâoupra ômbé plési
A sa souèrado, éstèn fièr dô vosto présénço.
Sus aquò, nous quitèn én nous saran la man.

La sourtido dâou léndéman,
Tout coumo lou répas, mô troutavo à la tèsto;
Tréfoulissièï d'ou vèïro aïtan qué tout lou rèsto.
Car, pérdéquô m'émpacharièï
Dé i-ana, coumo fan lous vésis? mô disièï.
Qué sièguo pas dâou gous dé moussu l'antiquaïre,
És pas uno résoù pér pas, iéou, mô li plaïro?
Souï aïci pér tout vèïro et n'én tira proufi;
Doun i-anaraï déman mati.

A péno léndéman lou sourél pounchéjavo,
Qué, dé tout lou quartiè, lou moundo s'acampavo.
Quan dé moussu Bastian, s'alandè lou pourtâou,
A l'ouro et lou moumén dé sourti dé l'oustâou,
Qué la musiquo, la prémièïro,
Mètiè lou nas à la carlèïro,
Aourias âousi dé bru, dé cris, d'aplâoudiméns

temps. — Venez demain l'après-dîner, ensemble nous irons — chez mon ami Bastien, vous ferez sa connaissance. — Recommandé par un ami, — il vous recevra avec bien de plaisir — à sa soirée, très-flatté de votre présence. » — Là-dessus, nous nous quittâmes en nous serrant la main.

La sortie de la noce le lendemain, — tout comme aussi le repas, me trottait dans la tête; — j'étais impatient d'y assister autant qu'à tout le reste. — « Car, pourquoi me priverais-je — d'y aller, comme font les voisins? me disais-je. — Que ce ne soit pas du goût de monsieur l'antiquaire, — ce n'est pas une raison pour ne pas, moi, y prendre du plaisir? — Je suis venu pour tout voir et en retirer profit, — donc j'irai demain matin. »

A peine le lendemain le soleil commençait à paraître, — que, de tout le quartier, les gens accouraient. — Lorsque de Bastien s'ouvrit le portail, — Et à l'heure et du moment de sortir de la maison, — que déjà la musique, la première, — se montrait à la rue, — vous auriez ouï du bruit, des cris, d'applaudissements — qui n'en finissaient

Qué n'én finissièou pas. La carièïro òro pléno,

Ras et long das oustàous, dó géns dó touto méno,

     Dó tout ajo, toutes lous réngs.

     Pardinos, un tàou óspétacle,

Pénsas, òro un quicòn qué téniè dàou miracle!

Maï dó cranto paréls dó sinjos bièn véstis :

Rèï, princésso, ségnoùs dó l'éstranjo péïs,

Coussus, ésbloulsséns dó lus bèous hab'iajes,

     Counvénables as pérsounajes,

Émb'un ordre àoutan bièn qu'ón d'uno proucéssiou,

     Charmavo la poupulaciou.

Mais l'ordre, pér malur, aguè pas dó durado !

     Sé sa, qu'èn d'aquélo àoucasiou

Lous éfans manquou pas. Or, uno troupélado,

Qué suvissiè la noço àou long dó chaquo rêng,

     Séguè prou sajo tout un tén,

Mais lèou acouméncè dó faïro soun tapaje.

     Lou jour d'uno noçu, és d'usaje,

     Quan sor pór s'ana préména,

     A l'énfantuègno dé douna

Dó drajèïos. Vésèn qué pas lus én jétavou,

     Qué n'èro pas mèmo quèstiou

pas. La rue était comble, — ras et le long des
maisons, des gens de tout genre, — de tout âge, de
toute condition. — C'est qu'en effet, un pareil spec-
tacle, — pensez, était un quelque chose qui tenait
du prodige! — Plus de quarante couples de singes
bien vêtus : — roi, princesse, seigneurs de pays
étrangers, — cossus, éblouissants de leurs beaux cos-
tumes, — convenables aux personnages, — avec un
ordre aussi parfait qu'à une procession, — enthou-
siasmaient la populace. — Mais l'ordre, par
malheur, ne fut pas de longue durée!

On sait que dans ces circonstances là — les enfants ne manquent pas. Or, un certain groupe, —
qui suivaient la noce, à côté de chaque rang, —
fut tout un temps assez sage, — mais bientôt on
commença à faire du bruit. — Le jour d'une noce
c'est l'usage, — lorsque l'on sort pour aller promener — de donner à la gent enfantine, — des dragées. Voyant qu'on ne leur en jetait pas, — Qu'il
n'était pas le moins du monde question — de la

Dó la méndre distribuciou,

Lous pus hardis las réclamavou ;

Fasiéou charavari, cridavou.

La pouliço aviò bèou, pèr lous faïro taïsa,

Lous campéja, lous amaïsa ;

Pas maï ! és coumo sé cantavo ;

Aïci, lou bru calma, pu iuèn récouménçavo.

La pouliço pamén n'émménè dous ou trés ;

Lou rèsto diguè pas pu rés.

Mais pu câou qué jamaï mitounavo, l'àouraje !

Or, aviéï, à moun vésinaje,

A pâou près dès ou doujo éfans,

Qu'èrou bé, dé ségu, lous pu récalcitrans,

Et lous bouto-flo dàou désordre.

Un d'éles lus faï signe et lus dono un mot d'ordre ;

Lous véjo aquï disparéïgus.

A moun éntour gn'aguè pas pus.

Pas pus déstrassouna dàou bru quó dévarïo,

Pouguère, adoun, pu miél juja dé l'harmounïo

Qué lous musiquaïres fasiéou ;

Cé qué n'èro pas lou mén bèou.

moindre distribution, — les plus hardis les récla-
maient; — ils faisaient charivari, ils criaient. —
La police, avait beau, pour les faire taire, —
les poursuivre, les apaiser; — Mais rien! c'est comme
si elle chantait; — ici, le bruit calmé, plus loin il
reprenait. — La police, cependant, en amena deux
ou trois; — le reste ne dit plus rien, — Mais plus
fort que jamais, on se disposait à recommencer.

Or, j'avais autour de moi — à peu près dix ou
douze de ces enfants, — qui étaient bien assurément les plus tapageurs, — les plus ardents fau-
teurs du désordre. — Un d'eux leur fait un signe
et leur donne le mot. — Les voilà soudain disparus.
— Autour de moi plus de ces enfants.

N'étant plus distrait par le bruit importun, — je
pus mieux, par conséquent, juger de l'harmonie —
que nos musiciens faisaient; — ce qui n'était pas le
moins beau. — Là, il y avait des hautbois, des

Aqui i-avié d'àouboïs, dé pifres, dé troumpétos,

Dé bassouns, dé viéoulouns, cournés et clarinétos,

Et d'àoutres éstruméns. Èn d'aquò, vous diraï

Qu'avièou tout àoutre soun, qu'anavou d'àoutre biaï

Qué lous dé hiuèï, qué soun fas lou mièl à la modo,

Amaï séguèssou fas dé la mèmo mélodo.

Aoussi, lou bon acor laïssavo à désira ;

      Cé qué toujour arivara,

Coumo aïci, sé chacun musiquéjo à sa guiso.

Cé qué dinc un councèr, sérié 'sta 'no soutiso,

      Aïci, nàoutres, lous assisténs,

      N'én sian sé po pas maï counténs.

Cé qu'amusavo maï éncaro et fasié rire,

Ès qu'èrou prou gèlïnas dé marcha dré. Lou pire

Ès qué, quan pér malur, un s'abàouchavo, zèou !

Lous qu'à lus és-avan, vis-à-vis, s'atrouvavou,

Coumo dé capouchins dé carto s'abàouchavou.

Las géns, màou à prépàou, lus cridavou : rampèou !

Dé l'éfantuègno, àoussi, la màoudicho séquèlo,

Pér lous faïre éscarnaïsse, én passén, lus fasièou

Las banos, et Bastian, arma dé sa canèlo,

Et lou mèstre musiquo, un sinje du, rétor,

fifres, des trompettes, — des bassons, des violons,
cors et clarinettes, — et autres instruments. Avec
cela vous le dirai-je, — ils avaient tout autre son,
allaient différemment — que ceux d'aujourd'hui
qui sont mieux à la mode, — quoiqu'ils soient
faits d'après les mêmes principes. — Aussi le bon
accord laissait à désirer; — ce qui toujours arrivera,
— comme ici, du moment que chacun joue à sa
guise; — ce qui, dans un concert eut été intolé-
rable, — ici, nous autres les assistants, — nous en
étions on ne peut pas plus charmés.

Ce qui nous réjouissait encore davantage et nous
faisait rire, — c'est qu'il leur était mal aisé de mar-
cher debout. Le pire, — c'est que si par malheur
un d'eux bronchait et tombait, — hardi! — Ceux
en avant, qui se trouvaient vis-à-vis, — comme
des capucins des cartes s'abattaient aussi. — Les
gens, mal à propos, leur criaient : bis! — Des enfants aussi, la maudite engeance, — pour les faire
enrager, en passant leur faisaient — les cornes, et
Bastien, armé de son long bambou, — et le chef de

Én lus ténén én l'air uno méno dé jor,
Lous piquavo. Pamén éles avièou pas tor?

La musiquo, doummaï pu rambaïouso anavo,
Doummaï, vous ou disièï, nous plasiè, nous charmavo.
Nostes rires, moussu Bastian, qué lous prégnè
      Pér dé bravòs, sé n'én crésiè.
      Aoussì, coumo sé pavounavo
      Émbé sa canèlo à la man!
Sé pourtavo pértout, és-ariès, és-avan.
Aquél jour èro bé das pu bèous dé sa vido!
N'àourié pas dé mïoùs vougu én paradis!
Galoï et sourisén n'avié l'amo ravido;
Mais lou plési tro viou, sé sa qué lèou fínis!

      D'éntrémén qu'ansin musicavou,
Lous artistos, énlaï, d'àoutre caïre, arivavou
Lous éfans dé tout aro, et qué zou! s'éntanchavou
      Dé sé pourta àou prémié réng.
Lou pu majé, én caml, lus parlo douçamén,
Mais pièï, sans sé gèïna, hàouto voués dé lus dire :
Aro né sèn ségus qu'èro pas qué pér rire,
Cé qué jusquos aïci nous èro ésta proumés;

musique, singe dur, sévère, — en leur tenant haut
une espèce de bâton, — les frappaient. — Pourtant
eux n'avaient pas tort?

Plus la musique allait à contre-sens, — et plus,
je vous le disais, nous plaisait, nous charmait. —
Nos rires, monsieur Bastien qui les prenait —
pour des bravos, en était fier, — aussi, comme il se
pavanait — avec son long roseau à la main! — Il
se portait partout, en arrière, en avant. — Ce jour
là, était bien un des plus beaux jours de sa vie! —
Il n'en aurait pas désiré de plus heureux en paradis!
— Gai et souriant, il en avait l'âme ravie; — mais
le plaisir trop vif, on le sait, n'a pas de durée!

Pendant qu'ainsi faisaient de la musique, — les
artistes, d'un autre côté revenaient — les enfants de
tout à l'heure, et qui, hardiment, se dépêchaient —
de se porter au premier rang. — Le plus grand, en
chemin, leur parle à voix basse, — mais puis, sans
se gêner, haute voix de leur dire : — « Maintenant c'est certain que ce n'est que pour plaisanter,
— ce qui, jusque ici, nous avait été promis. — Des

Dé drajéïos àou sucre, hé bé! n'àourés pas gés.
Séguén pu générous, nàoutres, à la sinjaïo,
        Faguén lus én faïre ripaïo;
Quan toutes n'én déouriéou créba d'éndigistiou
Ou bé dé quicon maï. Zou! la distribuciou!
A péno agué parla, qué touto la marmaïo
Éscampo, à plénos mans, drajéïos àou béstiàou;
Et drajéïos dé lus toumba coumo la grélo!
            Pér alor, vous démande un pàou?
            I-avié pas ni jor, ni canélo
            Qué pouguésso lus ómpacha,
            Désuito, àou sóou, dé s'abàoucha
            Pér ramassa; et s'éntanchavou,
            Sé butavou, sé capignavou!

            Pér aquésto fés, sé risian,
Ès pas cé qué lou miél réjouïssié Bastian.
Pas un sinjo dé dré : toutes à quatre-pàouto.
Quàou n'arapavo pas n'éro pas pér sa fàouto;
            Tout i fasié cé qué poudié.
Géssos paréïssiéou pas apéndris àou méstié.
Réï, prince, général, réïno, damo ou chambriéïro
            Sé runiavou din la poussiéïro.

dragées au sucre, eh bien! vous n'en aurez point.
— Soyons plus généreux ; nous, à tous ces singes —
faisons leur en faire ripaille ; — dussent-ils, tous, en
crever d'indigestion, — ou de tout autre chose.
Hardi ! la distribution ! — A peine a-t-il parlé que
toute la troupe — fait voler, à pleines mains, dragées
au bétail, — et dragées de leur tomber dessus
comme la grêle ! — Pour lors, je vous le demande?
— il n'y avait plus ni baguette ni bambou — qui
pût les empêcher, — de suite, à terre de se baisser, —
pour ramasser ; et ils se dépêchaient, — ils se pous-
saient, se cherchaient querelle !

Pour cette fois-ci, si nous rions, — ce n'est pas
ce qui le mieux réjouissait Bastien. — Pas un singe
debout, tous à quatre pattes. — Qui n'en ramassait
pas, ce n'était pas sa faute, — tous y faisaient leurs
efforts. — Aucun ne paraissait novice à ce métier.
— Roi, prince, général, reine, dame ou servante, —
se traînaient dans la poussière. — La *pille-pille*

La pïo-pïo à tiro-pèou.

Aoussi, pér quàouques-uns d'éles, faguè pas bèou!

Bastian, dévarïa, — ós facinlo à coumpréno, —

Saviè pas pus coussi s'ón préno

Pér lous poudre amaïsa, mais rés, rés i fasiè.

I-aviè fa tout cé qué poudiè.

Aguè bèou sé métro én coulèro,

Lous abrasqua dé cos, vaï-té faïre lanlèro!

Pér soun moundo, lou pu préssa,

Èro dé ramassa et toujour ramassa.

Sé ñchavou pas màou só lus bèous habïajes

Ésprouvavou dé forts dàoumajes.

Én pàou dé tén, d'éles àoussi,

N'ón réstavo pas un à pàou prés dé vésti.

Tout pénjavo ón lambèls, ónfarna dé poussièïro.

Aquò séguè pas tout; i-aguè dàoutres dégas

Qué d'habïajes éstripas.

Uno arplando mounino, atifado én rousièïro,

Dé drajèïos n'aviè rapuga et pas màou

Din las pochos dé soun fandàou.

Lou ñaquas mandarin, qu'à soun bras la ménavo;

Qué soun acoutramón chinouès éntrépachavo,

Qu'à péno sé poudiè sé jinbla dé jarès,

(comme on dit) *à tire cheveux.* — Aussi, pour
quelques-uns des singes, il ne fit pas bon! — Bastien, hors de lui (c'est facile à comprendre', — ne
savait plus comment s'y prendre — pour les faire
cesser, mais rien n'y faisait. — Il y avait fait tout
son possible. — Il eut beau se mettre en colère, —
les accabler de coups, va te promener! — Pour
son monde, le plus urgent, — était de ramasser et
toujours ramasser. — Ils se moquaient bien si
leurs beaux vêtements — éprouvaient de notables
dommages. — En peu de temps, d'eux aussi, — il
n'en restait pas un à peu près de vêtu. — Tout leur
pendait en lambeaux, salis de poussière.

Là, ce ne fut pas tout, il y eut d'autres dommages — que des vêtements déchirés. — Une ra-
pace guenon, vêtue en rosière, — de dragées elle
s'en était pourvue et pas mal, — dans les poches
de son tablier. — L'indolent mandarin, qui la con-
duisait à son bras, — et que son accoutrement de
chinois embarrassait, — tellement qu'à peine il
pouvait se courber; — voyant qu'il ne pouvait pres-

Vésén qué n'én poudié présquo n'avéra gés,
Trouvavo miél aïsi, sans tro cléna l'ésquino,
Dé préno las dé sa vésino.
En sas patos, furgué las pochos dàou fandàou ;
Mais élo, vous démando un pàou
S'aquò i-anavo l A soun altésso mandarino,
Nosto pétulénto mounino,
D'un sàou l'arapo àou col, et dé dous cos dé dén
I-éndavalo l'àouréïo, et tout dàou mémo tén,
Dé mié li cavo l'ièl, én d'uno éngràouñgnado.
Soun cavaïé, soun camarado l
L'aman qué tout-éscas li fasié dé poutoùs
Et li countavo dé douçoùs l l
Et gn'àourié bé maï fa sé l'avian pas tirado
Dàou col dé soun ménaïre, abourgna, tout én sang.

També quàou ero à plagno, éro moussu Bastian,
Qué, péchaïre, sé laméntavo.
On avié coumpassiou dé cé qué i-arivavo.
Aoussi, toutes nous préstavian
A li faïre éstréma sa dou1énto sinjaïo ;
Débris d'un bataïoun qu'a pérdu la bataïo.

que pas, lui, en avoir, — trouvait bien plus com-
mode, sans trop se courber, — de prendre les
dragées de sa voisine. — Avec ses pattes il fouilla
dans les poches du tablier; — mais elle, je vous de-
mandeun peu — si cela lui convenait! A son
Altesse mandarine, — notre pétulante guenon, —
d'un saut, elle vous le prend au cou, et de deux
coups de dent — lui déchire, l'oreille, et, tout du
même coup, — lui arrache l'œil à demi, d'un
coup de griffe. Son cavalier, son camarade! —
l'amant qui tout à l'heure lui faisait des baisers —
et lui contait fleurettes!! — Il lui en aurait fait
bien davantage si nous ne l'avions pas arrachée —
du cou de son cavalier, éborgné, tout sanglant.

Encore qui était à plaindre? c'était M. Bastien,
— qui, le pauvre! se tourmentait. — On avait compassion de ce qu'il lui survenait. — Aussi, tous,
nous nous prêtions — à lui faire rentrer ses singes
endoloris, — débris d'un bataillon qui aurait perdu
la bataille. — Et, si de manière ou d'autre, on n'en

Et sé coussi quicon, on n'én vénguè à bou,
Séguè pas sans trima, nous ou fouguè bó tout.

Émbó présque pas pus dé mounde, iéou réstave;
    Coumo, aïtabé, mé dispàousavo,
    A moun tour, iéou, dó m'ón ana,
    L'idèïo mé vénguè d'ana
Éncò d'àou désoula. M'òro dó counvénénço,
Coumo énvita, d'i faïre, avan qué dó parti,
    Moun coumplimén dé coundoulénço.
Én l'abourdén, li dise : aïçò a màou fini?
Tout anavo tant bièn ! Jamaï poulido fèsto
N'a tau bièn couménça; — oh n'én pérdraï la tèsto ! —
Él mé respon : — oh ! voui, cèrto, i-a bé dé qué !....
    N'én jujarés, suvissès-mé;
Sans véïre, poudès pas vous én faïre uno idèïo.

    Énd'un émbas, ras dé sossèïo,
    Avièou amana lous blóssas,
Qué jasièou pér lou sòou, subre dé matalas.
    Das àoutres, aïci la sénténço,
    Ou se l'on vòou la péniténço
Qu'énfiljavo Bastian : — Alogo dàou répas
Qué vous èrou proumés, lus dis, manjarés pas,

vint à bout, — ce ne fut pas sans peine, il le fallut
bien tout.

Avec presque plus personne, je restais ; — comme
moi, de même, je me disposais, — à mon tour, de me
retirer. — L'idée me prit d'aller — chez le pauvre
désolé. Ce m'était de convenance, — comme invité,
d'aller lui faire, avant de partir, — mon compliment de condoléance. — En l'abordant, je lui dis :
« Ceci a mal tourné? — Tout allait si bien! Jamais
belle fête — n'a si bien commencé. » — « Oh, j'en
perdrai la tête! » — lui me répond. Oh! oui certes,
il y a bien de quoi!... — Vous en jugerez, suivez-
moi; — sans voir, vous ne pouvez pas vous en faire
une idée.

En un en bas de la maison, rez-de-chaussée, —
on avait réuni les blessés, — couchés par terre sur
des matelas. — Des autres, voici la décision — ou
si l'on veut, la pénitence — que leur infligeait Bastien : au lieu du repas — qui vous avait été promis,
leur dit-il, vous ne mangerez rien, — cela, pour

Aquò 's pér vous pénti dàou pòca dé pérèso.

Vous àoutres, lous malàous, àourès d'aïgo tébéso.

Vous imajinas pas, *méssiès* lous màou aprés,

      Qué vous nourigue pér pas rés?

Lous pus éndouléntis sé plagnèou, hidoulavou,

      Et l'ièl plouroùs, nous éspinchavou.

En passén, dévistère, à soun pèou loungaru,

A sa maïgro bédéno, à soun moure pounchu,

Tout éngarafata énd'uno vièio pèio,

Lou à quàou sa ménaïro aviè 'stripa l'àourèïo :

      Moussu lou grouman mandarin

Qué, pécaïro ! souscavo, èro bièn màou éntrin.

      Aou briquo-braquo lou moustrère;

      Én mèmo tén li racountère

Cé qué s'èro passa. — Aquèl? lou plagno pas,

Mé séguè réspoundu; és lou pu foutralas

Dé la bando; n'aï pas jamaï pougu rés faïre

Qu'un trasso d'éscouiè, un quicon dé pas gaïre.

      Oh! lou qué plagno lou pu mièl,

      Lou qué fasiè tout moun ourguièl,

Qué n'a pas soun parié din touto l'Amériquo,

És aquèste d'aïci, moun chèfe dé musiquo.

vous punir du péché de paresse. — Vous autres,
les malades, vous aurez de l'eau tiède. — Ne vous
imaginez pas, messieurs les mal-appris, — que je
vous nourrisse pour rien ?

Les plus souffrants se plaignaient, hurlaient, —
et l'œil en pleurs, nous regardaient. — En leur
passant devant, j'aperçus, à son long poil, — à
son ventre osseux, à son museau pointu, — tout
enveloppé de vieux chiffons, — celui à qui sa dame
avait déchiré l'oreille : — monsieur le gourmand
mandarin — qui, le pauvre! sanglotait. Il était bien
mal à son aise. — Je le montrai au marchand de
bric à brac, — en même temps je lui fit part — de
ce qui s'était passé. » — Celui-là je ne le plains pas, —
me répondit-il; c'est le plus mal dégourdi — de la
bande; je n'en ai jamais pu rien faire, — qu'un imbécile d'écolier, un quelque chose de presque rien.
— Oh! celui qui m'inspire le plus de compassion,
— celui qui faisait tout mon orgueil, — qui n'a pas
son égal dans toute l'Amérique, — c'est celui-ci,
mon chef de musique : — il n'y a peut-être pas

I-a pas gés d'artistos, bélèou,

Én mèmo d'i faïre lou pèou ;

Voulounta dire, un mïoù mèstre

Pér éntouna la gamo et counduire un ourquèstre.

Lou sinjo, qué paréï, dourmiè,

Én s'énténdén vanta, sus co só drévéiè.

Sous ièls viras vèr iéou, aviè l'air dé mé dire :

Voui, có qué dis és vraï, et gn'a pas pér n'én rire ;

Prèste pér ou prouva à quàou n'én doutariè ;

Noun pas pér lou moumén, nou, car moun bassouniè,

Tro vïou, mé supàousén, paréï, la tèsto duro,

M'a machuga lou fron d'un co dé soun bassoun.

Pamén, i-aï pas après à batre la mésuro

Subre ma pàoure tèsto et d'aquélo façoun !

— Pode, sou-faï Bastian, énd'aquélo avanturo,

Iéou présén, vous counta coumo aquò s'és passa.

Quan noste courtèje préssa,

S'abàouchavo pér ramassa,

Aquéste, résta dré, àou prémiè réng marchavo.

Pas éncaro avisa dé cé qué sé passavo,

Sé séntissén buta, sé viro brusquamén

Et boumbo dé soun éstrumén,

Sans i faïre aténciou, la tèsto dé soun mèstre.

rtiste, — capable de lui en apprendre; — en
.'autres termes, un meilleur maître — pour en-
tonner la gamme ou conduire un orchestre. •

Le singe qui, à ce qu'il paraît, dormait, — com-
prenant qu'on faisait son éloge, se réveilla subite-
ment. — Ses yeux tournés vers moi, il avait l'air
de me dire : — oui, ce qu'il dit est bien la vérité,
il n'y a pas de quoi rire; — prêt à en fournir la
preuve à qui en douterait; — mais non, pour le moment, non, car mon élève-basson, — trop pétulant,
me supposant, paraît-il, la tête dure, — m'a meurtri
le front d'un coup de son instrument. — Cependant je ne lui ai pas appris à battre la mesure —
ainsi sur ma pauvre tête! — • Je puis, me dit ici
Bastien, en cette circonstance, — moi présent,
vous raconter comment la chose s'est passée. —
Quand mon cortége pressé — s'étendait à terre
pour ramasser, — celui-ci, resté debout, au premier rang marchait. — Pas encore avisé de ce qui
survenait, — 'se sentant poussé, se retourne brus-
quement — et frappe de son instrument, — sans
y faire attention, sur la tête de son chef. — Le pro-

Lou prouvèrbe diriè qu'ou faguè pas sans i-èstre.
Cé qué n'émpacho pas qué l'assuquè dé miè.

N'én visitèn éncaro uno bono partido,
Dé maï ou mén malâous. Et Bastian mé disiè :
— Tout aïçò, crésès-ou, m'acourchara la vido !
Après avédre tan trima, péna, susa,
      N'èstre pas mièl récoumpénsa ?
Oh lous mâoudìs éfans ! vous souï pas ana quère ?
Oh jamaï coumpéndrés lou mâou qué mé fasès !!
— Voui, vous an révira vosto noço à l'énvès,
Aquéles poulissouns, âoubacò, li diguère ;
Mais anfin, vous fòou préne uno résouluciou ?
Sé dévoura d'un mâou véngu, dé qu'on avanço ?
I-âoura pas lou répas, ni répréséntaciou
      Dé coumédïo, ni dé danso,
      Hé bé, l'on sé n'én passara !
— Coussì, sou-faï, d'après cé qué vèn d'ariva,
Qu'én mén dé la mita gn'âouriè maï qué dé rèstò
      Pér mé déstimbourl'. la tèsto,
Ana faïre dansa moun cho dé mandarin,
Ou tan d'âoutres gnafras qué soun pas mièl éntrin ?
      Faïre jouga la coumédïo

verbe dirait qu'il ne le fît pas sans y être, — ce qui
n'empêche pas qu'il l'assommât à moitié. »

Nous en visitâmes encore un bon nombre — de
plus ou moins endommagés ; et Bastien me disait :
— « tout cela, croyez-le, m'abrégera la vie ! — Après
avoir tant travaillé, tant pris de peine, tant sué,
— n'être pas mieux récompensé ? — Oh ! les mau-
dits enfants ! Je ne vous suis pas allé chercher ? —
Non, jamais vous ne comprendrez le mal que vous me
faites ! ! » — Oui, ils vous ont, en effet, retourné votre
noce à l'envers, — ces polissons, je lui dis, — mais
enfin, il vous faut prendre une résolution ? — Se
dévorer d'un mal survenu, on n'en est pas plus
avancé ? — Il n'y aura pas le repas, ni la représentation — de comédie, ni de danse, — hé bien ! on
s'en passera ? — « Comment, lui me répond, d'après
ce qui vient de se passer, — qu'avec la moitié
moins, il y en aurait plus que de reste — pour me
rendre fou, — aller faire danser mon imbécile de
mandarin, — ou tant d'autres balafrés qui ne sont
pas mieux que lui ? — Faire jouer la comédie — à

A véntre bouïde, ou lous qué lou mâou dévarïo?
　　　Ilo! ténès, n'én parlén pas maï.
　　　Mous sinjes? hé bé, lous véndraï,
　　　Ou lou diable lous véngue quérel...

Én li saran la man, sus aquò lou laïssère.
　　　Pòu tén après, désparéïgu,
A Marséïo, Bastian, és pas pus révéngu.

　　　　　　FIN

ventre à jeun, ou ceux que le mal tourmente? —
Ho! tenez, n'en parlons plus. — Mes singes? hé
bien, je les vendrai, — ou le diable vienne les
chercher.

En lui serrant la main, là-dessus je le laissai. —
Peu de temps après, ayant quitté le pays, — Bastien, à Marseille n'est plus revenu.

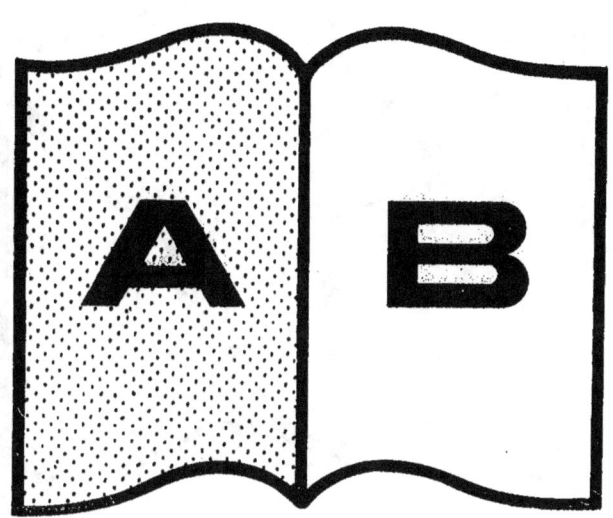

Contraste insuffisant

NF Z 43-120-14

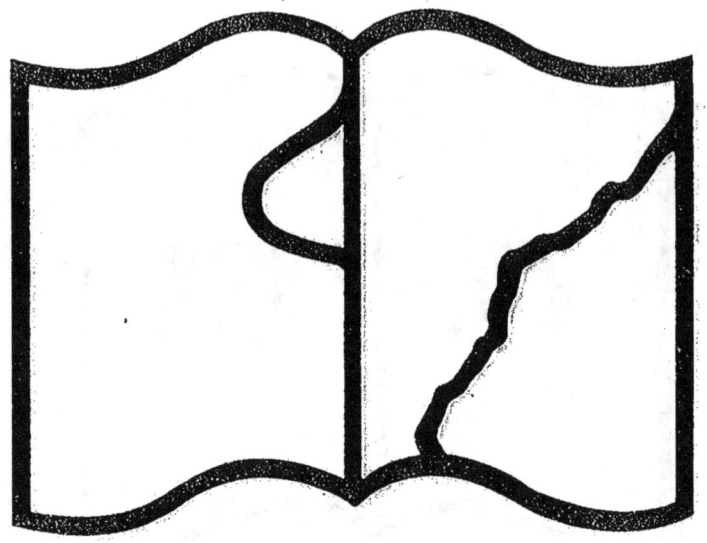

Texte détérioré — reliure défectueuse

NF Z 43-120-11

www.ingramcontent.com/pod-product-compliance
Lightning Source LLC
Chambersburg PA
CBHW051554280626
47162CB00022B/2299